外科医、島へ

泣くな研修医6

中 山 祐 次 郎

幻冬舎文庫

目次

HYに

Part 1　神仙島診療所

「それじゃ、腹腔鏡《ふくくうきょう》下の低位前方切除術《ローアンテ》を始めます。患者のリスクは、えーと、糖尿病、肥満かな。術者の雨野《あめの》です」

　三月はじめの月曜日、午前九時。牛《うし》ノ町《まち》病院の手術室に隆治《りゅうじ》の声が響き渡った。

「助手の西桜寺《さいおうじ》ですぅ」

「助手、研修医の吉野《よしの》でっす！」

　医師たちが次々に名前を言い、看護師たちが続いて、執刀開始直前に手術について最終確認をするタイムアウトが終わる。

「コッヘル」

　すり鉢のように引っ込んでいる臍《へそ》の奥の皮膚を、おもむろに、コッヘルと呼ばれる鉤《かぎ》付きの鉗子《かんし》でつまむ。そうして力強く引っ張ると、出臍《でべそ》のように、小さい山として盛り上がる。

「メス」

器械出しナースが隆治に緑色の柄をしたメスを手渡す。

「お願いしまーす」

隆治がそう発声すると、いくつかの「お願いします」がばらばらにこだました。

ふんわり軽く持ったメスを、患者の臍にそっと当てる。鋭利な上に両側から強く引っ張っているため、驚くほど簡単に肌がさっと裂けていく。

「もう一つコッヘル」

「電気メス」

じゅるじゅると脂肪が焼ける音ののち、ふとした静寂が訪れる。切っている一センチほどの創《きず》の奥に、漆黒の空間がちらと見える。お腹が開く瞬間、専門的には腹腔内に到達する瞬間が隆治は大好きだった。

「一二ミリポートちょうだい」

人差し指ほどの太さの、ポートと呼ばれる合成樹脂製の透明の筒を暗闇に突っ込むと同時に、看護師が炭酸ガスを送り込むボタンを押す。

「気腹開始しました」

その声が耳に届くと同時に、向かいに立つ凛子《りんこ》がガスを送り込むチューブを筒の横の小穴に接続した。ほんの五秒ほどで患者の腹が盛り上がる。

「じゃあ腹腔鏡《スコープ》もらおうか」

手術室の控室では、手術着の隆治と凛子が向かい合わせに座り昼食を取っていた。

「今日も早かったですぅ」

「まあシンプルな回盲部切除だったから」

近所の蕎麦《そば》屋「長寿庵」の出前の定番メニューである、冷やしスタミナきしめんの上に載せられた生卵を崩しながら答えた。

「でも先生、あの癒着のところって難しくないですかぁ。尿管《にょうかん》も近かったですし」

「そうね、まあ慣れじゃないかな？　層を見誤らなきゃ尿管を損傷することはないよ」

凛子は緑色の長いソファに腰掛け、ペットボトル入りの麦茶ばかり口にしている。

「食べないの？」

「うーん、ちょっと二日酔いなんですぅ」

意外だった。手術中にそんな素振りはまったく見せなかったからだ。

凛子は研修医の頃から優秀で、外科医として三年ほど修業しただけでかなり手術が上手になった。

「それなら食べたほうがいいんじゃない？　水、飲みなよたくさん」

誰と飲んでたの、など野暮なことは聞かない。部下のプライベートにちょっと踏み込むだけでもパワハラ、セクハラになると先月の院内講習で聞いたばかりだ。

「ふふ、隆治先生いつも優しいですぅ」

弛緩した会話が交わされるこの部屋に音もなく入ってきたのは、外科部長の岩井《いわい》だった。手術着に白衣をまとう大柄の姿は、それだけで威圧感がある。

「おい雨野、ちょっと相談なんだが」

「はい、なんでしょう」

院内PHSでの電話でなくわざわざ来たということは、重要な話でもあるに違いない。

思わず背筋が伸びる。

「お前、島に行かないか？」

「え？」

島。聞き慣れない単語だ。

「四月から半年。外科だけでなくなんでもやる。どうだ」

外科医の会話はいつもこうだ。

説明を聞いてから詳細を検討して、などという迂遠なことはしない。0か100か、瞬時に決める。そんな決断力が求められる。しかし島に行くなどという話はこの病院に勤めて七年になるが、聞いたことがない。一体どこの島なのだろうか。

「えぇ、島ってなんですかぁ先生」

凜子が茶々を入れようとする。

「え？　神仙島《しんせんじま》って言って、遠くの島だよ。そこの診療所で島の医者をやるんだ」

そんな仕事があるのか、と隆治は思った。行くのは面白そうだ。だが、島に行ってしまったら、その間手術できないだろう。

それでも行くべきかどうか。

一瞬の逡巡ののち、隆治は答えた。

「行きます」

言ってしまったが、本当に大丈夫なのだろうか。不安になり、

「戻ってこれますよね？」

と付け加える。

岩井は呆れ顔で、

「当たり前だ。じゃあ先方には言っておく。都から毎回派遣されているんだが、都立病

院から行く医者が急に行けなくなったらしく、外科系で代わりを探したが見つからなかったそうだ」

と言った。

「えぇ、私も行きたいですぅ」

「一人と決まってるんだ。希望するなら西桜寺も雨野の後に行くか？」

「行きますぅ、あ、でも、デパートとかないですかねぇ」

「離島にデパートなんかあるわけないだろ。ま、西桜寺はまだ先の話だからちょっと考えろ。それより雨野」

岩井は手に持っていたA４の紙を一枚、隆治に渡した。

「これ、よく読んどけ。神仙島は、よく噴火する三宅島の隣の島だよ。隣っつったって船で一時間くらいは離れてるが」

「すいません、初めて聞きました」

渡された紙には、このようなことが書かれていた。

岩井先生
この度は医師確保にご協力を賜り誠にありがとうございます。

概要をお伝えいたしますので、派遣医師にお伝えいただければ幸いです。

・期間　四月一日〜十月二日の約六カ月間（最後の二日間は次の医師へ引き継ぎやご移動を考慮しております）
・手当　規定の給与のほか、離島手当として月額三〇万円支給　ほか交通費支給
・業務　神仙島診療所における交代常勤医師

ずいぶんとシンプルだ。これではどんな具合なのかまったくわからない。

「けっこう忙しいんですかね？」

「知らん。じゃあ今度、島の役場の人からメールか電話が来るからな」

それだけ言うと、岩井はさっさと行ってしまった。

「先生、すごいじゃないですかぁ。いいなあ、島なんて」

「ね、思わず即答しちゃった」

島ではどんな仕事が待ち受けているのだろうか。住むのはどんなところになるのだろうか。期待で胸が膨らむ。

だが、病院のほうは大丈夫なのか。手術は、凜子がこれだけできるから、自分がいな

くてもなんとかなりそうだが。

「でも、俺がいないと先生かなり忙しくなるかもよ？」

「えぇ、大丈夫ですぅ」

にっこり笑って続けた。

「大変でしょうけど、雨野先生がいないぶん手術やれますからぁ」

「あ、そゆこと」

凛子は心底そう思っているのだろう。たしかにいま自分が執刀している手術は、島に行っているあいだは凛子がやることになるだろう。半年で二〇例ほどは、凛子の医者学年にしては難易度が高い腹腔鏡手術ができるかもしれない。自分のその頃を思い出して考えても、凛子にとってかなり大きなチャンスになる。

「でも寂しいですよぉ」

凛子がこういうことを平気で言うのは、隆治との家族のような関係があるからだ。この子は、ちゃらちゃらしているようで、決して相手を勘違いさせるような迂闊なことは言わない。

「そう」

「先生がなんかレベルアップして帰ってきそうで楽しみですぅ」

レベルアップ、という何気ない凜子の言葉にぎくっとする。

医者になってもうすぐ七年が経つ。定番の手術はだいたいできるようになった。時間は上司たちと比べるとまだ少しかかるが、それでも上達している実感がある。が、それ以外の医者としての能力はいまいち伸び悩んでいるような気がしていたのだ。ずっと同じ病院で働いているからだろうか。

——いいチャンスなのかも。でも、大丈夫なのかな……。

離島ということは、きっと自分の専門である外科だけでなく、なんでも診察しなければならないだろう。整形外科、内科くらいならなんとかなるが、それ以外となると、研修医のとき以来、まったく触れていない。

いろいろ考えれば、期待より不安がつのってくる。それでも、自らの胸のうちに生まれた好奇心を抑えることはできない。

向かいではようやく凜子が蕎麦を食べ始めていた。

＊

三月三一日、夜一〇時。隆治は東京・竹芝《たけしば》のフェリー乗り場にいた。右手には青い大きなスーツケースが一個、左手には病院に郵送されてきた南海汽船「あしたば」号のチケットが握られている。生温《なまぬる》い空気の漂う夜だった。寒いといけないと思って着てきた冬用の紺のピーコートは今日の陽気には暑すぎたようで、背中が少し汗ばんでいる。

隆治が立っていたフェリー乗り場の待合所は、屋根はあるが大きな柱だけで壁も窓もなく、ちょっとした広場になっていた。おそらく同じフェリーに乗るであろう人がばらばらと立っている。家族連れはおらず、いかにも釣り人といった大きなクーラーボックスを持つ中年男性が何人か、ほかには一メートルもあろうかというほどの大きなカゴを持った老女、くたびれた迷彩柄のジャンパーを着た若い男といった具合であった。

——島へ渡る人、というのはこういう感じなんだな……。

これまで島に行った記憶といえば、実家の鹿児島にいた頃に市内からフェリーで桜島に何度か行ったことくらいだ。あれは向こう側の大隅半島と陸続きだから厳密には島ではないし、フェリーも一五分であっという間に着く。

小学生の頃遊びに行ったほか、高校生では夜間行軍といって一周約三六キロの桜島を一晩かけて歩いた。同級生たちと歩いたのはいい思い出にはなったが、島の暮らしを知ったわけではない。母の実家の島には何度か幼少の頃に行ったようだが、まったく記憶にないのだ。

そのとき、薄暗いフェリー乗り場にアナウンスが流れた。

「まもなく、『あしたば』号の乗船を始めます」

エスカレーターで二階に上がり、乗船口でチケットを渡すと、もぎりの男性は「はい、お気をつけて」とチケットにスタンプを押した。

ごろごろとスーツケースを押してゆく。橋のようになっている通路の先には、五階建てくらいに見える大きな客船があった。全長一〇〇メートルはあるだろうか。

船に入るとすぐに広めのエントランスがあり、奥には自動販売機も見える。真ん中に置かれた看板に、客室のグレードを示すAからEまでのアルファベットが書かれ、それぞれ何階に行くべきか誘導してくれた。

手元のチケットには「E　2等和室」とある。階下に降りるようだ。

スーツケースを抱えるようにして階段を降りる。その先の部屋に入り、隆治は思わず声をあげそうになった。

うすい茶色の絨毯《じゅうたん》がしかれた三〇畳はあろうかという大きな部屋に、点々と黒いカバーのついた枕が置かれているのだ。

——これは、ここで雑魚寝《ざこね》をするってことかな……。

再びチケットに目を落とす。座席番号のようなものはない。

先客は誰もいない。靴を脱ぐと、がらんとしたその大きなスペースに入った。スーツケースはどうしたらいいのか迷ったが、転がさないように持ち上げて入れた。

席の指定はないのだろう。隆治は一番奥のスペースを陣取った。スーツケースを足元のほうに置き、あぐらをかいて座る。

——ここで寝るのか……。

どれほど混むかわからないが、こんなオープンな場所で寝られる自信はない。階上に自動販売機があったことを思い出した。

——ビールでも買っとこう……。


薄桃色の自動販売機には、三段すべてアルコール飲料が売られていた。アサヒビールのロング缶を一本、三三〇円で買うと、隆治はそのまま階段を上ってデッキに出た。

「展望デッキ」と書かれたそこは、この船の一番階上に位置している。天井はなく、広いスペースはぐるりと手すりで囲われている。いくつかベンチが置かれているが、隆治のほかは誰もいない。

暗い空の下、隆治は立ったまま手すりにもたれると、持っていた缶ビールを開けた。本来、小気味よいはずのその音はまるで響かず空に吸収された。缶ビールを一口あおると、ぬるい苦味が口中に広がる。

どうにも落ち着かない。この船に夜通し乗って、明日の早朝には三宅島に着く。そこで、手配されている民宿で休憩をしたのち、昼に出る船で神仙島へと向かうてはずになっている。民宿での休憩というのがよく意味がわからないし、船から船に乗り継ぐのも初めての経験だ。

一体どんな仕事が待ち受けているのか。

島だからあらゆる患者を診なければならないに違いない。ドラマや映画で島の医者というのは自転車に乗ってゆっくり往診しているけど、自分もあんなことをするんだろうか。

手術の腕が鈍るのではないか、という心配は、やはりある。だいぶ慣れたとはいえ、自分は所詮まだ七年目の、駆け出し外科医だ。自転車こぎのように、どれだけ間が空いてもすぐに上手に乗れるというレベルに達したとは思えない。

正直なところ、凜子がメキメキと上達するだろうから、追い抜かれないだろうかという心配もある。たった二学年の差は、キャリアを積むにつれてどんどん狭まっているような気がする。

そう思うと、だからこそ島でしか得られないようなことを学ばなければならない。

——半年間頑張るって決めたんだからな。

そう自分に言い聞かせるように、隆治は缶ビールをぐいっと飲んだ。見上げた空は雲に覆われているのか真っ暗で、星一つ見えなかった。

＊

翌朝四時、「あしたば」号は三宅島の伊ヶ谷《いがや》港に入港した。

重いスーツケースを持ち、寝癖もそのままに港に下り立った隆治は全身の重さを感じていた。それもそのはずで、部屋に戻りすぐ横になったものの、船が揺れてなかなか眠れなかったのだ。ひどいときは、体が頭のほうへずず、とずれたと思ったら、その数秒後には足側へと戻される、そんな航行だった。

しかも雑魚寝状態で、何人かの男性客が近くで寝ていた。隆治の向かいに陣取った太った中年男性は、焼酎を五合瓶から直接飲み、やがて寝ると大きないびきと歯軋《はぎし》りをした。よほど注意しようかと思ったほどだ。

まだ暗い伊ヶ谷港は、港といっても、細長いコンクリートが「へ」の字の形に出ているだけの簡単なつくりだった。下り立って、他の乗客の進むほうへ一緒に歩いていくと、

「雨野先生」と手書きされた紙を持った女性がいた。

「おはようございます」

声をかけると、黒ジャンパーに長い黒髪の女性は頭を下げた。

「お疲れ様でした。三宅島役場の者です。こちら、車で民宿までお送りしますので」

色白で痩せており、かけていた縁無しの眼鏡がいっそう貧相な印象を作っている。

誘導されるがままに、オレンジ色の電灯に照らされた暗い港を歩いていく。たった一晩で、別の世界に来てしまったかのような心地がする。

「三宅島役場」と書かれた白い軽自動車の後部座席にスーツケースを入れ、助手席に座った。

夜明け前の道路を、橙色のライトが照らす。車はみるみるスピードを上げた。カーブの多い道なので、左右に体が揺さぶられる。ちらと覗くと、メーターは七〇キロを指していた。

「ここ、島で三つしかない信号のうちの一つです」

ぼそりと女性が言う。

少ないですね、というのも失礼だし、まあそうですよね、と知ったような口をきくのもどうかと思い、

「そうなんですね」

とだけ答えた。

一〇分かからずに民宿に到着した。「お宿　智蔵《ともぞう》」と書かれた大きな木の看板が掲げられたその民宿は、見たところ田舎の大きな一軒家のようだった。スーツケースをおろして玄関の前まで来ると同時に引き戸が開き、背の低い老婆が現れた。

「はい、いらっしゃい」

「よろしくお願いします。お昼の便で行かれますので」

女性はそう言って頭を下げた。どちらも毎度のことであるといった様子で、自分の引き継ぎは終わったようだった。

「では、お気をつけて。また一一時にお迎えに上がります」

そう言うと女性は小さく頭を下げ、車へと戻っていった。

「どうぞお入りください」

老婆が案内した部屋は、八畳ほどの和室だった。真ん中に立派な布団が一揃い敷かれている。

「こちらでお休みください。あんまり寝られなかったでしょう」

「はい」

「お荷物はお預かりしておきます」

それだけ言うと、老婆はすぐに奥に消えた。

まだ外は暗い。少しでも寝て、体力を回復しなければ仕事に差し支える。

不思議なこと続きではあったが、横になるとすぐに頭は思考を停止させていった。当直で真夜中に起こされてはまた眠り、というのを繰り返していると、こういうスイッチのオンとオフの切り替えが上手くなってくるのだ。

着替えもせず、布団に潜り込む。柔らかい布団は、うっすらと蕎麦の実のにおいがした。

＊

「お客さん」

声がして目を開けると、先ほどの老婆が立っていた。

「すいません」

「いえいえ、お疲れのご様子でしたが、そろそろ起きて朝食を召し上がってください。昼の船の時間もありますから」

枕元のスマートフォンを見ると、9：47とある。だいぶ寝てしまったようだ。起き上がり、手櫛で髪を整えながら宿の入り口のほうへ向かう。

居間のような部屋に、一人分の食事が用意されていた。椅子にかけると、老婆が湯気の立つ味噌汁を持ってきた。

「どうぞ」

あまり食欲はない。まだ地面が揺れているような気がするのは、船酔いで三半規管が馬鹿になっているからだろう。それでも箸をつける。

ご飯。ふきの煮物。焼いた塩鮭。見たことのないラベルの納豆。豆腐。そしてなめこの味噌汁。どれも美味しく、食が進んだ。なにより驚いたのは、小さなさつま揚げがあったことだった。

――こんなところで鹿児島を感じるなんてな。

実家のさつま揚げ屋は今頃どうなっているだろうか。父が死に、母が一人で切り盛りするようになって三年半。今年の盆は島にいるから帰省できそうにないが、年末には帰らねば。

そんなことを考えつつも、よほど腹が減っていたのだろうか、箸は止まらない。

食事を終え、席を立とうとすると老婆がお茶を持ってきた。

「お客さんもあちらの島へ行かれるんですか」

「ええ、神仙島、ですね」

「なかなか不便も多いところです、どうぞお気をつけて」

「ありがとうございます」

部屋に戻り支度をした。玄関まで出ると、早朝の女性が立っていた。今度は灰色のパーカーにスカートと、朝とは違う服装である。

「先生、お疲れ様です」

「あ、はあ」

お疲れもなにも、寝て朝食を食べただけだ。

再び白い軽自動車に乗り込むと、また女性はスピードを出した。カーブでは曲がりきれず中央線をはみ出すこともある。

「けっこう飛ばすんですね」

「すいません、ついクセで」

さも当然かのように言う。島では、普通のことなのかもしれない。車酔いしないよう、しっかり前を見てカーブを予測する。

すると突然、眼前に海が広がった。

「うわあ！」

「昨夜は真っ暗で見えませんでしたからね。今日はベタ凪《なぎ》ですね」

聞き慣れない言葉が耳に入ってくる。凪。風のない海の状態を表す単語だったか。

やがてこぢんまりとした港が見えてきた。

「伊ヶ谷港です」

車が伊ヶ谷港に着くと、五、六人の客が船を待っていた。

「それでは、どうぞお気をつけて」

女性が頭を下げる。細い黒髪が風に吹かれてふわりと揺れた。

「ありがとうございました」

頭を下げる。

コンクリートの打ちっぱなしの小さな建物に、パイプ椅子が並べられている。壁にはなにやら風景写真のポスターが無造作に貼られていた。近づいて見ると、そのすべてに「東京都」と入っている。そう、この島は東京都に属しているのだ。

「次の船は一二時に出ますから、少しお待ちいただきますけれど」

たしか、女性が猛烈な速さの軽自動車を運転しながら言っていた。壁の時計は一一時一〇分すぎを指している。

表に出ると、すでに船は来ていた。「しんせん丸」と書かれたその船は、昨夜乗った船よりはるかに小さい。

三階建てほどだろうか。黒いマストが真ん中に一本高々と伸び、そこから白いロープが数本伸びている。その向こうの青い空に小さい雲が二つ、浮かんでいた。

――綺麗だ……。

海はほとんど波が立たず、空よりも深い青をたたえていた。

＊

船を下り立つと、細長い船着場を数人の乗客がばらばらと歩いていく。行商だろうか、大きなカゴを背負う女性、杖をついた男性。老人ばかりだ。「ようこそ神仙島へ」と、見るからに古いフォントで書かれた大きな看板が茶色く錆び付いている。

スーツケースを押しながら進むと、若い女性が立っていた。迎えの人だろうかとちらちら見ていると、案の定その女性はこちらへ歩いてきた。

「雨野先生ですか」

「はい」

「わたし、半田志真《はんだしま》と言います。診療所の看護師です。本日はお迎えに上がりました」

足全体が隠れる丈の黒いワンピースを着ていたその女性が頭を下げると、黒いショートカットが揺れた。一七〇センチはあるだろうか、自分より少し低いくらいで、女性にしてはだいぶ背が高いほうだろう。

「雨野です、よろしくお願いします」

緊張しているのか、それとももともとそういう感じなのかはわからないが、志真は硬い表情のまま言った。

「診療所にご案内しますね」

「ありがとうございます」

若い人には会わないだろうと思っていたので内心驚きつつ、スーツケースを押してついていく。

「島は初めてですか」

目を合わさず志真が問いかける。なんとなく、無理に世間話をしているように感じる。

「え、あ、この島ってことですか」

「はい」

そう言ったあと、「神仙島、あんまり知られていませんので」とつけたした。

「初めてです」

港と呼べるほど大きくない敷地を横切り、駐車場へと着いた。

「これで移動します」

またしても白い軽自動車だった。古いオートマチック車だ。

「ダイハツのミラなんですね」

「はい」

あちこちが錆びている年季の入った車である。見たところ、一五年くらいは走っていそうだ。バックドアを開けスーツケースを入れると、助手席に乗り込む。

「では参ります。この宝港《たからみなと》から、診療所のある神仙村までだいたい二〇分かかります」

「お願いします」

志真は、驚くほど丁寧に車を発進させた。車内はきちんと整頓されており、無駄なものが一つもない。カーステレオは古いものがついていたが、電源はオフになっていた。車内は無音のまま、車が進んでいく。

どうにも間が持たない。

「僕は、都立病院の医者じゃないんですよ。牛ノ町病院っていうところなんです。東京の北のほうの」

「そうですか」

志真は特別な感想を持たないようだった。

「ウシは、あのモーモー鳴くやつです」

「変わった名前ですね」

志真は表情を変えずにそう答えたが、ハンドルを握り直してこう言った。

「失礼をすいません」

「いえ、失礼なんてとんでもない」

愛想がないのか、男と二人で車に乗るのが嫌なのか、それとも極めて真面目なタイプなのだろうか。いまいち読めないところがある。

「私も変わった名前なんです、島の生まれ育ちだから志真って言うんです」

「ほほー」

笑うわけにもいかず、あいまいに返答した。ともかく志真は神仙島の生まれ育ちということはわかった。

また車内は静かになり、軽自動車の高いエンジン音だけが聞こえる。小さい車だから、志真との距離が近い。肘が当たってしまいそうだ。

会ったばかりの他人との距離としては近すぎて、隆治は緊張がほぐれない。

到着した港から、車はずっと海岸沿いに走っている。道路の下はすぐ断崖絶壁のようだった。右側に見える海を見ていると、助手席からは自然と志真の顔が視界の中央にくる。前髪に隠れた眉はしっかりと太く、くっきりした目を印象深いものにしている。目の下の大きな涙袋は一見、人懐こく見える。しっかりした頬骨は、彼女の意志の強さの表れだろうか。意志が強いかどうかなど、まだわからないのだけれど。

「海、すごく綺麗ですね」

言ってから、顔を見ているんじゃないですよ、と言い訳したような気になって気まずい。

「ええ、それだけは自慢です」

と志真は答えた。

窓の外に目をやると、道路は意外なほどよく整備され、道の両側には芝生ではないだろうが、緑が生い茂っている。

太陽の光が海面に反射する。波打ち際の白い水飛沫《みずしぶき》も眩《まぶ》しい。時折、海のほうを向いて置いてあるベンチは、誰かが座って海を眺めるためのものだろう。

道はずっと海岸線に続いていて、先のほうには大きな岬が見えた。

「この辺り、人はあまり住んでいないのですか？」

「この島は、三つの集落しかありません」

学校の先生のように、志真は説明を始めた。

「いま船が着いた宝港のある耳宝《じほう》村、いま向かっている神仙村、そしてその反対側の大《おお》
虎《とら》村です」

「大虎村？」

「はい。この神仙島は航空写真で見ると虎の顔みたいな形をしているんです。耳が二つ
あって。それで、虎ノ島と呼ばれた時代もありました」

「へえ、それは不思議ですね」

疑義を唱えたが志真は反応しない。仕方なくそのまま続ける。

「飛行機もないのに昔の人がどうやって島全体の形を把握したんでしょうね。伊能忠敬《いのうただたか》
みたいな、測量して地図を描いた人がいるともあんまり思えないし」

志真は少し考えたようだった。

「たしかに、そうですね」

「すいません」

思わず謝ってしまった。

「ここ、気持ちがいいので窓を全開にしますね」

話を変えるように志真が言った。緊張がほぐれてきたのだろうか。それとも、ここで窓を全開にするのは島の人の、あるいは志真のルールのようなものがあるのだろうか。

パワーウインドウが開くと、風が一気に車内へと流れ込んでくる。四月とはいえ、島の気温はだいぶ温暖である。東京より五度ほどは高そうだ。

車はスピードを上げ、岬のカーブへ滑り込んでいった。そのまま車ごと海に飛び込んでしまいそうだ。たしかに風が心地よい。

「この岬は、いろんな悲しい物語があるのです」

「悲しい物語？」

聞き返したが、志真は返答しないようだった。風の音であまり声も聞き取れない。おいおい、島のことも知っていくことになるだろう。

「そろそろ窓を閉めます」

ちょうど岬を曲がり切ったと同時に窓が閉まると、今度は鬱蒼《うっそう》と葉の茂る木でできたトンネルのような道になった。

「急に山道のようになるんですね」

「ここは崖が崩れやすくて、それで少し内陸寄りに道を作ったそうです。この島は真ん中に山がありますから、少し内側に入ると森のようになるんです」

昼間だというのにかなり暗い。志真は車のライトをつけた。曲がりくねった道が続く。ろくにミラーもなく、これでは対向車が来たらぶつかってしまいそうだ。

しばらくして、急に視界が開けた。覆い被さっていた木が途切れ、再び眼前に海が見えてきたのだ。

「おお！」

思わず声をあげる。ちらと志真を見ると、わずかに口角が上がっているようにも見える。ここも「見せ場」なのかもしれない。

「先生のお宅に行く前に、先に診療所にお連れします。瀬戸山《せとやま》先生に言われていますから」

再び集落に入る。ラーメンという赤い看板が見え、その隣にはスーパーらしきものもあった。

「ラーメン屋もあるんですね！」

これなら食事には困らないかもしれない。自炊がまともにできない自分にとって一番の心配が、食べるものはあるか、ということだったのだ。

「そうですね、けっこう美味しいですよ。では、ここを右に曲がると診療所です」

志真はウインカーを出すと注意深く右に曲がった。正面には海が見える。細い道を海に向かって下っていくと、右側に大きな二階建ての建物が見えてきた。

「はい、到着いたしました」

「ありがとうございました」

三〇台は止められそうな広い駐車場には、数台の車しかいなかった。

「瀬戸山先生がお待ちですので」

建物の正面玄関には、大きく「神仙島診療所」と縦書きされた木の看板がかけられていた。その文字を見て、気が引き締まる。

スーツケースを押しながら広い玄関をくぐる。受付と書かれたカウンターには誰もいなかった。

「医局は二階なので、エレベーターで行きましょう」

古びた薄緑色のエレベーターは、おそらく二階に入院患者のための病室があるのだろう、患者ベッドが入れる奥行きの長いものだった。奥や横の壁に数多くついているベッドの高さに一致した擦《こす》れた跡が、年季を物語っている。

扉が閉まるとごうん、と聞き慣れない音を立てて上がっていく。

「どうぞ」

志真が手で扉を押さえてくれる。スーツケースを押して出る。

「こちらです」

エレベーターを出て右に出て、階段の先に「医局」と書かれた、昔の学校のような表札がある。建てられてから三〇年は経っているのだろう、白かっただろう扉がクリーム色に変色している。

「失礼します」

志真が中の様子をうかがうように顔を傾け、厳《おごそ》かにノックをした。返事はないが、扉を開ける。

志真に従い中に入ると、一面海の見える窓をバックにしたなかなか広い部屋で、三つ並んだ真ん中のデスクに向かい書類仕事をしていたのは初老の男性だった。

「先生、新しい先生がお見えです」

「ああ、お待ちしていたよ」

男性は振り向いてゆっくりと立ち上がった。背は自分より高く、太っているというよりは、筋肉でしっかりした体格という雰囲気だ。少し威圧感がある、と言ってもいいかもしれない。

「雨野隆治と申します。半年間、どうぞよろしくお願いいたします」

頭を下げる。

「では私はこれで」

志真が一礼して下がる。

「志真さん、ありがとうございました」

もう一度、頭を下げる。志真はそれには返事をせず去っていった。

「遠いところよく来たね、所長の瀬戸山です。まあ座って」

「ありがとうございます」

部屋に入って右手に、向かい合わせのソファと膝の高さのテーブルが置いてある。手前の壁側に座ると、右側には大きな本棚が置いてあった。下の棚には医師会雑誌や医学の雑誌、そしてなにやら大きな洋書の医学書がぎっしり並んでいる。上には医学と関係なさそうな小説やいろいろな本が置かれていた。

部屋の左側には大きめの冷蔵庫と腰までの高さの食器棚があり、その上には炊飯器と給湯ポット、コーヒーメーカーが置かれていた。居心地の良さそうな部屋だ。

「東京からの船は揺れたかね」

瀬戸山はペットボトルのお茶を二本持ってくると、一つを手渡して向かいのソファに腰掛けた。

「あっ、ありがとうございます。けっこう揺れました」

「そうだろうね」

振り返って海を見る。

「三宅島からは穏やかだっただろうが。疲れていると思うんだが、さっそく今日から仕事をお願いできるか」

明るい水色のチェックのシャツに白衣をひっかけた瀬戸山は、首から黒い聴診器を下げている。禿げ上がった額は、頭頂部のあたりは白髪交じりの髪をわずかに残すばかりだったが、耳の上の側頭部はいまだボリュームを持って生えている。前と頭頂部から脱毛していく、いわゆる男性型の脱毛症だろう。太い眉は髪と同じくらい白いが、使ったあと洗い忘れた毛筆の筆のように太くあちこちに毛が向いている。

「わかりました」

到着してその日からとは驚きだが、人がいないのだから当然だろう。

「私はいまから往診に出る。雨野先生は予定入院患者が一人来るので、それを診ておいてくれ」

「承知しました」

「それから、雨野先生の履歴書は事務方からもらったよ。薩摩《さつま》大学を出て、東京に出てきたんだな。鹿児島のやつというのは気骨がある。期待しているよ」

「ありがとうございます」

故郷のことを良く言われるのは素直に嬉しい。

「次に来る予定だった都立病院の医者がうつ病で休んでしまったらしくてな。他に誰も行きたがらない、と言われてしまってな。よろしく頼むぞ。君のデスクは左端のこれだ。インターネットも繋《つな》がるから、特に不自由はないと思う。それから」

立ち上がると、冷蔵庫を指さした。

「ここに入っている飲み物はだいたい住民のみなさんからの差し入れだから、なんでも飲んでくれ。こちらのコーヒーメーカーも自由に使っていい。先生は、二日に一日がオンコール当番だ。オンコールの日は、あまり遠出をしないでくれな。といってもこの島で行くところなどないが」

そう言うとにっと笑った。

「オンコールは宿舎でも飲み屋でもいいが、深酒はほどほどに。夜間の対応もたまにあるからな。島には私と君の二人しか医者はおらんわけだ」

「わかりました」

飲み屋があるというのだろうか。

「先生は、どれくらいこの島で働いておられるんですか？」

「そうだな……」

頭を右手でさすりながら考えている。

「こないだ三〇年だったから、いま三一年か。最初は半年で帰るつもりだったんだがな」

「半年ですか？」

「ピンチヒッターだったんだよ。前の所長が胃癌になってしまって、手術を受けるというので東京に出て、その代わりで来たんだ。まだ一〇年くらいしか外科医をやっていなかったから、まあ、大変だった。一人だったしな。気づいたら三〇年以上になっていた」

外科医歴一〇年で島に来て、一人医者をやる。

その苦労は、想像を絶する。

「なぜ先生は、島に残られたんですか？　半年で東京に帰らずに」

「島の規模の割に、この診療所は透析設備まであってなかなか揃っているのだよ。だからやってこれたのかもしれんが……まあ、いろいろあってな」

瀬戸山は立ち上がった。やはり大きい。

「仕事のことは、あとは看護師に聞いておいてくれ」

それだけ言うと、ペットボトルを持って瀬戸山は出ていった。

隆治は一息つき、ソファに腰掛けるとペットボトルのお茶を開けて一口飲んだ。「みんなとあなたのお茶」という、見たことのあるようなないような緑のラベルだ。飲み慣れたものよりも苦い気がした。

そういえば、午後はどんな患者が来るのか、そして他にはなにをすればよいのか、聞きそびれた。

——看護師さんに聞けばいいか。

スーツケースを自席の脇に置くと、中から去年一〇万円で購入したマックブックエアーを取り出した。端に小さいサボテンが置かれている他はなにもないデスクに置いて、ネット回線のケーブルを接続する。すぐにインターネットには接続できた。

「失礼します」

こん、こん、という丁寧なノック音が聞こえた。

「はい」

扉が開くと志真が入ってきた。先ほどと異なり、白いナース服姿になっている。ぴたりとしたナース服は体の線がわかりやすい。志真は驚くほど細かった。

「先生、さっそくですが入院患者さんが来ましたのでご対応をお願いします」

まだ院内のどこになにがあるかもわからないが、来ているのなら仕方がない。

志真に連れられて医局を出ると、すぐ向かいの病室に入った。四人部屋だ。右奥のベッドに一人だけ寝ているが、他に患者は入院していないようだ。

「この方です。カルテはご覧になりましたか」

「え、カルテ？」

そういえばカルテもまだ見ていなかった。ここは電子カルテだろうか。

「すいません、瀬戸山先生から聞いていませんでしたか」

「ええ」

とはいえ、ここにいま医者は自分一人しかいない。

「なんの患者さんですか？」

「喘息《ぜんそく》発作です。タバコをどうしてもやめなくて、ギリギリになるまで診療所にも来なくて、いつもかなり悪くなってから来るんです」

志真は淡々と言った。

ベッドに横になっているのは、まだ四月という季節の割にはよく日に焼けた中年男性だった。白いランニングシャツが茶色く汚れているのは、農作業でもしていたのだろうか。目をつぶったまま苦しそうに肩で息をし、不良品の笛のような呼吸音が、ベッドサイドにいるだけでも聞こえてくる。

「血圧は問題ないんですが、酸素飽和度《サチュレーション》が八八パーセントでしたので酸素を三リットルで始めました。いまは九三パーセントくらいです。沼《ぬま》さん」

志真が肩を叩くと、沼と呼ばれたその患者は目を開けた。

「ああ……」

苦しいのだろう、なにも話そうとしない。

「こんにちは、今日から赴任した外科の」

そこまで言って言い直した。

「医師の雨野です」

しかし沼はほとんど興味を示していないようだった。

「飲んでいる薬だけメモしておきましたが、最近は飲んだり飲まなかったりみたいで、ステロイド吸入もあまりしていなかったようです」

すっと出すメモには薬の名前が五つ書いてある。それにしても志真は優秀だ。報告のしかたは簡潔で、それでいて必要な情報はすべて入っている。

——喘息発作なんて診るのいつぶりだろう。ヤバいな……。

不安が募るが、そんなことを言っていても仕方がない。遠い昔の記憶をたどり、治療をするのだ。

「とりあえず、前回の発作でやった治療を見ておきますか？」

自分の顔色を見たからか、そんな提案をしてくれる。やはり志真はかなり能力が高い。

「ええ、そうですね」

酸素を増やそうかとも思ったが、万が一、二酸化炭素が貯留してしまったら最悪の場合呼吸が停止してしまう。いわゆるCO_2ナルコーシスだ。

いったん志真と医局に戻り、電子カルテのパソコンの前に腰掛けた。幸い、電子カルテのシステムは牛ノ町病院で使っているのと同じメーカーのものだった。志真に言われる通りにＩＤとパスワードを入力すると、「患者一覧」のページが現れた。タブを「救急外来患者」に切り替えると、一名だけ名前が表示された。

「沼　太一《たいち》」

ずいぶんと画数の少ない名前だ。

沼の名前をクリックしカルテを展開すると画面は二〇ほどに分割され、名前から生年月日、血液型、アレルギー、過去の病名、現在の内服薬、そして過去のカルテなどが一気に表示される。前回のカルテを見ると、

［喘息重積発作　喫煙が契機。酸素投与、βブロッカー吸入、ステロイド投与］

と書かれている。

その下には詳細な薬剤の名前や量が記されていた。

「じゃあ、まずベネトリン吸入しましょう。ステロイドも準備しておいてください。それから血糖測定も」

志真はどこからか出した小さなメモ帳にさらさらとメモをしている。

「ベネトリンの量とステロイドは前回の入院とditto《ディットー》でよろしいですか」

久しぶりにその単語を聞いた。

dittoとは、「私も同じ」という意味の単語だが、病院では「前回と同じ処方」という意味で使われる。ふつうは「do《ドウ》」と使われ、それがdittoの略だと知らない医師や看護師は多いのだ。瀬戸山が普段使っているのだろうか。

「はい、お願いします」

正直、量はどれくらいが最適かわからない。こういうとき、前回治療と同じにするというのは常套手段だ。

――内科の本、入れてたっけ……。

牛ノ町の救急外来で使っていた『当直ハンドブック』はスーツケースに忍ばせてきたから、なんとかなるだろうか。

「では、私準備してまいりますので。二五分ほどしたらまた医局にご報告に伺います」

そう言うと、志真は部屋を出ていった。ナースステーションは一階なのだろうか。ひとまず沼の治療はそれでよさそうだ。

――どうするかな。院内を探検するか、それともカルテを見ておくか。

迷うが、少し体を休ませたい。なにせ一晩中船に乗るという初めての経験をしたのだ。先は長い、それほど焦ることもない。

病室を出るとすぐ向かいの医局の扉を開けた。

左前の自分のデスクに座る。背もたれによりかかると、ぎい、と音が鳴った。

とにかく無事に到着したから、第一段階は突破だ。

これから怒濤《どとう》の日々なのか、あるいは平穏な毎日が始まるのか……。まるで当直の始まる夕方五時のような気分だ。未知の重症患者に出会う恐ろしさはあるが、困難な治療に立ち向かえることへの期待もまたある。医者七年目にして、自分の成長は少し頭打ちになっていたと思う。そこへこういう機会は良かったのかもしれない。

――それにしても志真さん、優秀だったな。

あんな看護師はそうそういるものではない。離島という、人もモノも少ない困難な環境にいるためにスキルが上がった、というだけでは説明がつかない。

窓の外に目をやると、白い波交じりの青い海と、傾きかけた太陽が照らす橙色の空のあいだを水平線が横切っている。黒い鳥が右から左へと、ゆっくりと飛んでいく。

——遠くへ来たもんだ。

こういう勤務地へは、家庭があったら来られないのだろうか。だとしたら結婚は当分しなくていいような気がする。三一歳という年齢は、結婚を考えてもいい歳だというのは理解している。だが、外科医として一人前になっていないいま、他の人との生活をスタートするなど考えられない。医師のスキルを上げることだけに集中していたい。

とはいえ、いつまでそんなことを言っているのだろう、という気もする。研修医の頃から付き合い出したはるかとは、三年で別れてしまった。仕事を優先し続けたから関係が破綻した、というのは、自分に都合よく解釈しすぎだろうか。

でも、恋愛や生活を優先する外科医などどこにいるのだろうか。そんなことでどうやって緊急手術や夜間の急変対応ができるのだろう。他の科なら可能なのかもしれないが、少なくともいまの自分にそんな選択肢はない。

窓の外は、空の青が少しずつ薄くなり始め、ゆっくりと日が傾いていっている。少しずつ緊張が解け、体が椅子に沈んでいく。

また、こん、こん、と扉をノックする音が聞こえた。

「失礼します」

志真だ。音が鳴らないよう、丁寧に扉を閉める。

「お迎えに上がりました。瀬戸山先生よりお電話があり、今日のところはこれで勤務終了とし、宿舎にご案内するように、とのことです」

「え、でも喘息のほうはいいのですか？」

「はい、もう呼吸は落ち着き、サチュレーションも九七パーセントまで改善しましたので。今夜のオンコールは瀬戸山先生ですので、雨野先生はもうだいじょうぶです。荷物をおまとめください」

隆治が最初に診た患者をそのまま引き継ぐ。そういうものなのだろうか。これがこの診療所のやり方なのかもしれない。

荷物をまとめるといっても、出していたパソコンを畳み、もらったお茶のペットボトルとともにスーツケースに入れるくらいだった。

「では」

医局を出るが、やはり引っかかる。

「すいません、さっきの患者さんをチラッと見ていいですか」

「ええ、そうですね」

すぐ向かいの部屋に入ると、奥のベッドに沼はいた。胸の上がりも先ほどの忙《せわ》しいものではなく、穏やかだ。表情も柔らかく、静かに寝息を立てている。一見して、改善を感じ取れる。右手の人差し指についた大きめのクリップのようなサチュレーションモニターには、九六パーセントと表示されている。

――これなら大丈夫だな。しかし、すぐ落ち着くもんなんだな、あんな発作でも。

「ありがとうございます、もう良さそうですね」

「ええ」

思わず笑顔になると、志真もつられて微笑《ほほえ》んだ。

――綺麗な人だな。

志真の顔をまじまじと見てしまい、慌てて目を逸《そ》らす。

「行きますか」

再びエレベーターで一階に降り出口を出ると、幾分か冷たい風が頬を撫でた。そうだ、まだ四月の頭なのだ。

白い軽自動車に乗り込み、志真がエンジンをかけた。まるで白髪の専従ドライバーの運転するロールスロイスのように、慎重に発進していく。診療所の駐車場を出て左折し、海を背にして急な坂を登っていく。対向二車線の車道とぶつかり、今度は右折した。

「先生はこれからこの車をお使いください。医師住宅までの道はとても簡単です。この道は神仙一周道路と呼ばれていて、文字通り島を一周しています。正式には東京都道二五七号ですけれど」

志真の説明はずいぶんと詳しい。ここで生まれ育っただけはある。

「ここで曲がります、このハイビスカスの木が目印です。六月になると赤い花をつけますよ」

ハイビスカスは故郷鹿児島でも、指宿《いぶすき》市など南のほうではときどき見る。

「やはり暖かいんですね」

「ええ」

厳かに右折すると、細い小道に入った。両側には低木が生い茂っている。一〇メートルほど入ったところに、左右に二軒、同じ形の平屋が見えた。

左手前の家の前に志真は車を注意深く止めると、こちらを見て言った。

「この家が、先生にご滞在いただくところです」

「え？　一軒家ですか？」

「はい、医師住宅です」

当然というふうな顔をして志真は続けた。

「四軒同じような家が建っていまして、先生の左隣はいま空き家です。先生のお宅の向かいには別の看護師が、その隣には私が住んでおります」

「志真さん近いんですね、良かった」

そう言うと志真は素っ気なく「降りましょう」と言って、車から出てしまった。つい口をついて出た言葉だったが、余計なことを言ってしまったかもしれない。

「こちら、家の鍵です。部屋のクリーニングは終わっていますので。先生は、お一人で滞在されますか？」

遠回しな言い方だが、これは結婚しているのか、という質問だろうか。

「はい、一人です」

「わかりました。かなり古いのですが、奥に布団も準備してあります。ではなにかお困りのことがありましたら、なんでもおっしゃってください。明日は、八時に医局にお越しください」

「はい、いろいろと本当にありがとうございました」

一つ頭を下げる。志真は歩いて行ってしまった。ナース服のままだが、徒歩で診療所に戻るのだろうか。車で送るべきか迷うが、そのような要求もないわけだし、申し出るのも変かもしれない。悩んでいる間に志真の姿は見えなくなってしまった。

――ま、いいか。歩いても一五分くらいだろうし。

あらためて一軒家を見回す。木に周囲をぐるりと覆われていて全貌はよく見えないが、瓦屋根のずいぶん大きな平屋建てだ。窓には木でできた雨戸がいくつか閉められていて、雨戸のない窓には、強めの曇りガラスがはめ込まれている。見たところかなり古そうだ。築三〇年、いや四〇年いっていてもおかしくはない。

玄関の引き戸には、最近取り付けられたばかりなのか、そこだけ新しく見える鍵がついている。志真に渡された鍵には、旧式のホテルのルームキーのような、プラスチック製の細長いくすんだ茶色の棒がついていた。鍵を差し込んで回すと、小気味良い音を立てて解錠された。

意外と軽い引き戸を開けると、五足ほども靴を置いたらいっぱいになりそうな狭い玄関から、正面と左にまっすぐ廊下が延びている。靴を脱いで上がり、左の廊下を進むと、右手には二〇畳ほどの広い畳の間が広がっていた。仕切りの襖《ふすま》を閉めたら四部屋になりそうだ。左手には庭が――といっても草木が荒れ放題だったが――見え、その景色の中に乗ってきた白い軽自動車もあった。縁側になっているようだった。

一度玄関まで戻り、今度は正面の廊下を進む。右手にはキッチンがあり、突き当たりには六畳ほどの洋室があった。キッチンを取り囲むようにして続く廊下を進むと、途中にトイレと勝手口があり、その奥の行き止まりには扉があった。

——なんだろ、この部屋……。

木の重い扉を引くと、綺麗に整頓された洋室が現れた。白を基調にした縞模様の絨毯が敷かれた部屋には二つの窓があり、窓の一方には木製の古い学習机が置かれ、その隣にはオルガンがあった。もう一方の窓は曇りガラスで外をうかがうことができない。

——なにか、嫌な感じのする部屋……。

置かれているものがおかしいというわけではないのだが、なにか引っかかる。とりあえず、この部屋には入らないでおくことにした。

キッチンの部屋をぐるりと回り、再び玄関へと戻る。スーツケースを持ち上げたまま、和室に運んだ。畳は長く替えていないようで茶褐色に変色していたが、掃除が行き届いていてゴミ一つ落ちていない。前任者もここに住んでいたのかもしれない。

畳にごろりと横になる。天井もまた、この建物が作られたときとはだいぶ違う色になっているのだろう、濃い茶色でところどころにシミがあった。

広すぎるこの家に半年のあいだ住む。そして、あの診療所に毎日通い、島民の健康を守るのだ。

——しかし、いきなりあんな喘息が来たしな……。

医師七年目というのは一通りなんでもできる学年だ。しかし、この島では本当に「なんでも診る」ことが求められる。専門家に相談することもできない。息苦しいような気がするが、この負荷がきっと自分を成長させるのだ。そう信じるしかない。

しばらく天井を見ながら考えていたら、いつの間にか隆治は眠ってしまった。

Part 2　島外の患者

翌日、朝から島は晴天に恵まれていた。前夜は、畳の部屋で横になるなり眠ってしまっていた。夜中に一度目がさめ、診療所でもらったペットボトルのお茶を飲んで、押入から布団を出すと、着替えもせずまたそのまま寝てしまった。よほど疲れていたのだろうか。スマートフォンを見ると6：32と表示されている。

猛烈な空腹感が襲ってくる。そうか、昨日は夕飯も食べずに寝てしまったのだ。なにか食べ物はあるだろうか。

起き出すと、大きく伸びをしてキッチンへと向かう。小さなダイニングテーブルの置かれた六畳ほどのキッチンに入ると、冷蔵庫を開けた。

――なにもないか……。

前任者が直前まで住んでいたとしたら食べるものがあるのではと期待したが、特になにもなかった。代わりに、冷蔵庫の隣の棚にカップ麺がいくつか置いてあるのを発見した。しかし朝からそんなものを食べる気にはなれない。近くにコンビニエンスストアでもあるだろうか。志真は特になにも言っていなかった。島にはコンビニもないのだろうか。八時までに来いと言っていたから、まだ時間がある。

そのままキッチンで顔を洗い、手拭きとしてかけてあったタオルで顔を拭いた。洗ったばかりのようで、うっすらとする青リンゴのような香りは柔軟剤だろうか。

ガラガラと音を立てて玄関の引き戸を開け、表に出た。島の朝は静かで、もうとっくに日は昇っている、といった明るさだった。与えられた白い軽自動車は、よく見ると汚れ一つない。自分が来る直前に洗車してくれたのだろう。荒れ放題の草木が取り囲むこの家の敷地で、なんだか居心地が悪そうだ。

大きく一つ伸びをする。聞いたことのない鳥の声が聞こえてきたかと思うと、また別の鳥が応えるように鳴いた。

昨夜は暗くて気づかなかったが、向かいの家の玄関が丸見えだった。確か、別の看護師が住んでいると志真は言っていた。玄関にはたくさんの赤、黄色、白や紫の花の鉢植えが置かれ、雑草も綺麗に抜かれている。

家を囲む木々も、こちらとはだいぶ様子が違い、きちんと整えられているようだ。その看護師が自分で手入れしているのだろうか。こちらの住宅は、医師が代わる代わる住んでいるので、誰も手入れをしないのだろうか。

おもむろに引き戸が開き、白いTシャツに鼠色のスウェットパンツをはいた女性があくびをしながら出てきた。右手には大きなゴミ袋を持っている。

「あ、おはようございます」

声をかけると女性は驚いたようで、慌てて左腕で胸を隠す仕草をした。

「おはようございます。新しい先生ですか？」

八重歯ののぞく笑顔からは、同世代か少し上だろうか、看護師らしい人懐こさが感じられる。

「はい、雨野と申します」

「繁田《しげた》秀子《ひでこ》です。私、診療所の看護師なんです。あら今日だったのね、先生が来るの。楽しみに待ってたんですよ」

ゴミ袋を置くと、秀子は軽く頭を下げた。

「昨日島に着きまして、ここに住まわせてもらっています。よろしくお願いします」

「うち、チビが一人いるのでうるさかったらごめんなさいね。いまはまだ寝てるけど。あ、ダンナはいないので二人暮らしです」

「ああ、そうなんですね」

あやふやな返事をしてしまった。

「雨野先生は家族連れ？」

「いえ、一人です。独身なので」

「そう、それじゃまたあとで診療所で会いましょ。ゴミ、出してくるね」

思わぬ形で診療所の看護師さんと会ってしまった。胸元を隠しているのは、ノーブラだからか。気まずいので、いったん家に入ることにした。狭い玄関で靴を脱ぐと、入ってすぐ右のキッチンへ戻る。

――そうか、なにも食べるものがないんだった。

ダイニングテーブルの椅子に腰掛けると、呼び鈴が鳴った。同時に声が聞こえる。

「ごめんください」

こんな早朝に、しかも昨日着いたばかりの自分にどんな来客だろうか。まさかもう急患の呼び出しで、携帯電話が繋がらなかったから呼びにきた、なんてことはないだろうか。

急いで玄関に出て、カラカラと鍵のかかっていない戸を開ける。

「いやあ、朝早くにすいません、先生」

警察官の服装をした中年の男性が立っていた。朝起きてから一走りしシャワーも浴びてきた、というような爽やかな笑顔で、髭の剃り跡が青々しい。

「どうも」

「昨日からご着任されたとのこと、こんな島まで本当にありがとうございます。本官は、駐在の山井嵐《やまいあらし》と申します。この通りからだがデカいので、ヤマアラシと呼ばれております」

言われてみるとたしかに大きい。背丈は同じくらいだが、がっちりと肉の詰まったラグビー選手のような体格をしている。坊主頭が少し伸びたような髪は、細い目と団子のような鼻と合っているといえば合っている。

「あっそうですか、よろしくお願いします。牛ノ町病院から来ました、雨野と申します」

「ふむふむ、雨野センセイですね」

ヤマアラシはポケットから黒い手帳を取り出した。汚い字で「アメノDr」と書きつけるのが見えた。

「刑事さんみたいですね」

冗談でそう言うと、ヤマアラシは嬉しそうにぱっと顔を上げた。

「えっ本当ですか！　本官、ずっと刑事に憧れがありまして、刑事物のドラマや映画を見すぎたせいか、日本語がおかしくなっているとよく言われますが、どうぞお気になさらず」

それから、とヤマアラシは続けた。

「メモを取っていかないと忘れちゃうもんでですね、はい。それじゃあ先生、なにかとお世話になるかと思いますが、どうぞ、よろしくお願いします」

警官らしく敬礼すると、歩いて去っていった。まさかこの早朝に歩いてきたのか。

そう思って背中を見送っていると、しばらくして車の音が聞こえた。一周道路にパトカーを置いていたのだろうか。

——不思議なテンポの人だな。

玄関から再び部屋に入り、キッチンに戻って、なんとなしに周囲を見渡してみる。お茶でも飲みたいが、飲み物さえない。出勤前にひとまずシャワーは浴びておきたい。そういえば風呂場はどこだろうか。

キッチンの向かいの畳の部屋に入るが、押入の襖があるだけで、それらしき扉はない。もう一度玄関に戻り、あの嫌な感じのした部屋へと向かう。細い廊下をキッチンに沿ってぐるりと回る。一つあった扉を開けるとトイレだった。小学校で見て以来のような、ずいぶん古そうな和式便所だ。

さらに奥に進み、あの部屋に入る。雨戸が閉められているせいか薄暗いこの部屋は、まるで脱衣所のようにじめじめと湿気がある。心なしか天井が低いように感じるのは気のせいではなさそうだ。


まさかここに、と思ったこの部屋に入ると、左側に引き戸があった。カラカラと音を立てて開けると、脱衣所になっている。かなり狭く、人一人が入るのがやっとだ。脱衣所の左にもう一つ引き戸があったので開けた。

「う、うわあ！」

思わず声を出してしまうほど、古い浴室だった。

床から連なる胸までの高さの水色のタイルはところどころ割れ、タイルの間の溝がことごとく黒く変色している。三畳ほどの広さの奥には青いホースのつけられた蛇口があり、上には小さい鏡があった。右側には、サイズは大きいが薄汚れた水色の浴槽があり、その上にはナメクジが何匹もこびりついたような柄のすりガラスから、光が差し込んでいた。

——かなり迫力があるな……。

それでも、ここしかないのだから入るしかない。服を脱いで浴室に入る。裸足に床がざらついたが、幸いお湯は出た。ホースから出る湯を風呂桶にため、それをかける方式でなんとか汗を流した。とても浴槽に湯をためて入る気にはなれない。おそらく前任者もここだけを使って体を洗ったのだろう、黴《か》びた鏡の前の半畳ほどのスペースだけ汚れが少ない。

そういえばバスタオルがあるか確認し忘れていた。

びしょ濡れのまま戸を開けて脱衣所を見ると、畳まれたバスタオルが四、五枚、棚に置かれているのを見つけた。ありがたい。

体を拭くと、腰にタオルを巻いたままの格好で畳の部屋まで戻った。スーツケースから黒いズボンとボタンダウンの白いシャツを引っ張り出して着る。

スマートフォンの時計を見ると、七時半を過ぎたところだった。八時から始業のようだから、一五分前には到着しておきたい。

スーツケースに入れておいた手提げバッグに、やはりスーツケースに入れて運んだ内科の教科書を二冊入れた。必要かどうかわからないため少し迷ったが、学生時代に買った黒いリットマン社製の聴診器もバッグに突っ込んだ。

玄関を出ると、すでに日はだいぶ昇っていた。向かいの秀子の家からは小さい子供の声が聞こえてくる。

白い軽自動車に乗り込み、キーを差し込んで回す。エンジンはめんどくさそうに何度かいななくと、ブルンと大きく震えてから始動した。

＊

診療所に着くと、すでに出勤した職員のものだろうか、駐車場には五、六台が止まっていた。

正面玄関の「神仙島診療所」の看板に軽く目礼をし、入るとすでに待合室には患者が数人座ってテレビを見ていた。

——え、もう待ってるの？

壁にかけられた時計は七時四三分を指している。外来が始まるのはたしか九時と聞いていたが、もう来院しているのだろうか。

患者たちの前をなんとなく会釈して通り過ぎ、そのまま階段を上った。二階の医局の扉を開けると、すでに瀬戸山は白衣姿でデスクにいた。ゆったりと椅子に腰掛け、新聞を読んでいる。

「おはようございます」

「ああ、おはよう。先生、昨日は助かったよ、沼さんの発作」

「あ、いえ。その後、いかがですか？」

「先生の指示通りで診ている、呼吸状態は落ち着いている」

――あれ、瀬戸山先生の指示そのままdoしただけなんだけどな……。

そう思ったが口にしないでおいた。

「今日は外来をよろしく。午前中に私と先生の二人で二診体制だが、私のほうは患者が多くパンク気味なので、初診は基本、先生のほうで頼む」

「承知いたしました」

「ちなみに先生、小児のほうはどうだ？」

「え？　小児ですか？　正直言ってほとんど診たことがありません。小児の虫垂炎などを、診断がついた状態で回ってきて担当するくらいです」

「なるほど、それでは薬の量などはわかるな」

「えっ！　ま、まあ……」

「では小児もよろしく頼む。わからんことは看護師に聞けば教えてくれるから」

有無を言わさない雰囲気だった。

「わかりました」

正直言ってまったく自信がない。が、そんなことも言っていられない。

——小児科の本も持ってくるべきだったな。

「では、先生の外来はまず初診の患者すべてと慢性期の定期通院患者。そして外科系、小児ということで」

「は、はい」

大変なことになった。ある程度予想はしていたが、やはりすべての診療科を診ることになるのだ。

「外来は九時からだから、そのちょっと前に降りて看護師に挨拶しておいてくれ」

「わかりました」

いったいどんな患者が来るのか想像もつかない。救急外来に来る患者には夜の当直で慣れているとはいえ、不安でしょうがない。が、いまさらなにかを準備できるものではない。

「それから、お昼のお弁当を朝のうちに決めてくれ。とりまとめて看護師が注文して、近くの商店が持ってきてくれる。メニュー表はそっちの机に、夜勤の看護師が毎朝置く」

「はい」

言われてソファに腰掛けると、昨日はなかった紙が一枚置かれていた。

アンジェリーナ刈内《かりうち》商店メニュー
・からあげ弁当　五〇〇円
・のり弁当　四〇〇円
・カレー　四〇〇円
・カツ丼　三五〇円

——変な店名だな……。

とにかく安い。これはありがたい。迷うが、初日だからとりあえず一番安いカツ丼にしよう。

メニューの下には、「のり　瀬戸山」と鉛筆で殴り書きされている。その下に「カツ丼　雨野」と書く。

デスクに戻り、ノートパソコンを広げると、しばらくメールのチェックをしたり、ニュースを読んだりしていた。

八時五〇分になったので医局を出て一階へ降りる。まだ瀬戸山は新聞に目を落としていた。階段を降りると、すでに待合室は多くの人が待っていた。一五、六人はいるだろうか。

階段の真正面にあるのが外来診察室1、そしてその隣の外来診察室2の扉に「雨野隆治医師」と印字された大きな紙が貼られていた。開けると、中には三畳ほどの外来ブースがある。

「おはようございます」

志真が立って待っていた。身を包むクリーム色のナース服はワンピース型のものだった。

「おはようございます。よろしくお願いします」

思わず顔がほころびる。志真がいるのはかなり心強い。志真は真面目な表情のまま続けた。

「今日は新患が五人いらっしゃいます」

「え！　五人もですか！」

島の診療所では普通のことなのかもしれない。

「そして、おそらく飛び込みでプラス五人くらいは新患が来ますので」

「そんなに！」

「はい」

淡々と答える志真の顔を見る。

驚いていても仕方がない。椅子に座るとパソコンにIDとパスワードを打ち込んでログインする。「外来一覧」と書かれたそのページには、すでに待っている八人の患者の氏名が表示された。未到着患者が二六人とある。

——かなり多いな……。

この人数を午前中だけで診察しなければならないのだ。普段、牛ノ町病院でやっている週一日の外来では午前に一二、三人、午後にも同じくらいだから、いつもの倍のスピードでやらなければならない。さっそく患者を呼び入れ、診察を始めた。

最初の八人は、いずれも高血圧で二カ月に一回受診している患者だった。定期受診の患者は楽だった。患者を入れてから挨拶、そして体調を聞き、「変わりありません」と言われたらその文言だけキーボードを叩いて入力し、「前回と同じ処方」ボタンをクリックして確定すればよい。この診療所では、次回外来の予約は患者自身が取るシステムのようなので、医者が取る必要もない。

　患者側も、ときどき入れ替わる医師に慣れているようで、「あんたはどこから来たの」などという話にはならない。かたわらに立つ志真が、「お大事に」や「お薬あるのでお待ちください」などと補足してくれるのも助かった。

　八人が終わったところで壁の時計は九時二八分を指していた。とてもいいペースだ。

「先生、次の方なのですがちょっと問題が」

　カルテを書いていたら後ろから志真が話しかけてきた。

「はい、なんでしょう」

　順調なペースに気分を良くして答えた。

「妊婦さんです」

「え！」

　まずい。さっそく、まったくわからない領域の患者さんだ。前に妊婦を診たのはいつだっただろう。たしか二年前、出産のときに直腸が裂けた人のことで産婦人科医に呼ばれて以来だ。

「もしかしてここ、お産もやってるんですか？」

「いえ、お産は都立病院に紹介しています。でも、臨月になるまでは島で過ごす人も多いので、月に二回産婦人科の先生が往診に来られています」

カルテに目をやると、妊娠二四週とある。妊婦健診もここでやっているようで、正常妊娠らしい。

——ヤバい、全然わからない……。

「入っていただいてよろしいですか？」

容赦ない志真の言葉に、思わず「はい」と答えてしまった。

入ってきた女性は大きなサイズの緑色のワンピースを着ていて、パッと見では妊婦かどうかわからない。

「ええと、駒麻里《こままり》さんですね。今日から来た雨野と申します。なんでも、お腹が張るとか」

少し顔を火照《ほて》らせたその駒という女性は、恥ずかしそうに頷《うなず》いた。

「はい。いま二四週をすぎたあたりなんですけど、ここのところ一日に一回はお腹が張ってきちゃって」

——張ってきた？　もしかして切迫早産とか？

研修医一年目の頃に一カ月配属された産婦人科研修を思い出す。切迫早産で「ベッド上安静」を言われてイライラした妊婦が何人も、点滴をしていた。研修医だったから、自分はその妊婦に点滴の管を入れる役目だったのだ。病棟で高圧的だった助産師たちの顔がいくつもちらつく。

「なんか心配で来ちゃったんですが、先生って産婦人科ですか？」

ストレートに聞いてくれると、むしろ助かる。

「すいません、私、外科医なんです」

なのでまったくわかりません、と言ってしまおうか。

「そうなんですね。こちらこそ申し訳ありません」

駒はそう言うと、ちらと後ろに立っている志真の顔を見た。

「あとで、瀬戸山先生に聞いてみましょうか」

志真の助け舟にほっとした。しかし瀬戸山先生は妊婦を診ることができるのだろうか。

「はい、お願いします。先生、すいませんでした」

頭を下げて診察室を出ていった。

早くも手に負えない患者が来てしまった。

――でも、これなら最初から俺の外来に入れなきゃいいのに。

そうも思うが、瀬戸山の外来はパンクと言っていたから、そんな余裕がないのだろう。

志真になにか言おうかと思ったがやめておいた。

「次の方、入れていいですか？」

「あ、はい」

次に入ってきたのは四歳の男の子と、上下灰色のスウェット姿の太った母親だった。ぱさぱさに広がった白髪交じりの髪はかなり長く、腰のあたりまである。

「こんにちは」

くりっとした目の少年は、年齢の割に少し小さく見える。

「この子、しょっちゅう鼻血が出るんです。私が見ていないところでも、なんか、よく、出てて」

それをすぐに聞いて頭に浮かんだのは「白血病」という病名だった。だが、いきなりそんな病気から考えるのは確率から言って無理がある。

「なにか大きな病気だったら嫌じゃないですか」

そう言う母はかなりタバコ臭い。心配ならばまず禁煙からではないか。大きい病気が心配だったら、採血をしてみるというのはアリかもしれない。

「どれくらいの頻度ですか？」

「は？」

母親が聞き返した。

「ええと、月に一回くらいですか？」

「そうですね」

それくらいなら問題なさそうだ。子供だから自分で鼻をほじっている可能性だってある。

「与志《よし》さん、毎日出るの？」

「ええ、毎日ですね」

後ろから志真が尋ねると、そう答えた。

「え？」

月に一回ではなかったか。それに、志真はこの母親を知っているような雰囲気だ。

「ええと、毎日、鼻血が出るんですね」

「はい、そうです」

顔だけ少し横に向け、志真の様子をうかがうが特に動きはない。この母親は、知的な問題か認知症か、なにかがあるのだろうか。

「では、一度お子さんの採血検査をしましょう」

志真が診察室の前で待っていてください、と二人を部屋から出した。

「先生、申し訳ありません」

後ろ手で扉を閉めると、志真が頭を下げた。

「あのお母さん、知的障害がありまして。子供と二人で住んでいるんですが、役場もたまに入っていて」

「え、二人で住んでいるんですか」

知的障害があって、子供と二人きりで住んで大丈夫なのだろうか。

「生活全般はまあ大丈夫なのですが、ときどき危なっかしいことがあるので、私たちもたまに家を訪問しているのです」

「そうなんですね。鼻血というのは、なんというか」

言葉を探していると、

「事実だろうか、ということでしょうか」

「はい」

「いまのお話だけだとちょっとわかりませんので……。そうですね、他の看護師と役場に電話して確認しておきます」

なるほど、そういうことが可能なのか。このような緊密な連携は島ならではのような気もするが、なにせこういう家庭に出会ったことがない。東京にはいないのだろうか。

ともかく患者は次々にやってくる。次に立て続けに来たのは小児の風邪だった。薬の量と種類がわからない。志真に教えてもらい、「約束処方」と呼ばれる、薬局と診療所側で決められた量の薬を処方した。

――こんなシステムがあるんだな。安全だし、ラクでいいな。

三人、同じような咳と鼻水だったため、同じ薬を出す。

「次の方、どうぞ」

志真に促されて入ってきたのは、チャコール色のチノパンに白いポロシャツを着た、休日の会社員といった雰囲気の男性だった。

「こんにちは、沼達夫《たつお》さんですね。今日はどうされました」

「はい、実は一カ月くらい前からどうも頭が変なのです」

抽象的な話から始める患者の顔をじっと見る。特に違和感を覚えるところはない。耳を傾けつつも、目は全身をざっと観察していく。服装、体格、髭の剃り方や髪の整い具合、歯の本数と着色の具合、目つき。

「なにか、誰かに見張られているような感じがずっとしているのです。それがとてもストレスで」

「なるほど」

――もしかして、今度は精神科か……。

「それと、たまにいるはずのない人が見えることがあります。一昨年亡くなった母なのですが、家の玄関にいて、じっと自分のことを見ているようなんです」

硬い表情の患者の話を聞きながら、学生時代に学んだ精神科用語が浮かぶ。人に見られている感覚を表す、被注察感。ありもしないものが見える、幻視。これが国家試験だったら統合失調症という診断になるのだろう。しかしそんな単純なものではない。

内心、冷や汗をかいていた。こんなキーワードを並べたところで、診断することは到底できない。診断できなければ、治療ができるはずもない。

「そうですか」

時間を稼ぐこんな言葉を吐いても、どうしようもない。かといってなにもせず帰すわけにもいかない。とにかく、もう少し症状を詳しく聞いてみるしかない。

「沼さん、それは最近ひどくなってきたのですか?」

「そうですね、だんだん多くなってきている気がします。ええと、時間が長くなるというよりは頻度が増え、一度当たりの重量が重くなっているような、そういう感覚です」

ずいぶん正確に説明ができるのだな、と隆治は思った。

――まてよ。こういう症状は初期の認知症で出ることがあると内科の先生から聞いたことがある。あるいは、覚醒剤を乱用すると統合失調症に似た症状が出るのだ。

まるで、小舟に乗って広い海に漕ぎ出したような気分だ。

自分が持っている医学知識は、この世界のごく一部にすぎない。医学の大海はあまりに広く、船頭なしに目的地に行けるはずもない。

「なにか持病はありますか？」

「いえ、特には」

「沼さん、食事は取れていますか」

「え？　ええ、まあ普通に」

「あの、覚醒剤とか……。やってないです、よね」

「は？　はあ、やってません」

少し怒らせたようだった。当たり前だ。

もうこれ以上はお手上げだ。思い切り振り返って志真を見る。きっと、俺はいま泣きそうな顔をしていることだろう。

「沼さん、今日はちょっとお待ちいただいて、あとで瀬戸山先生の診察もありますので」

文字通りの助け舟に救われた。志真に促されて患者が部屋を出ると、思わずため息をついた。

──なんでも診るとは思っていたけど、ここまでとは……。

正直なところ、自分が情けない。せめてもう少し勉強してから来るべきだったのだ。たった七年の医者の経験では、この島では役立たずもいいところだ。

「先生、次の患者さんお入れしていいでしょうか」

志真が淡々と告げる。同情するような顔をしないことは救われる。気持ちを切り替えたいが、時間はない。

「はい」

次に診察室に入ってきたのは、作業着を着た大柄な男性だった。膝や胸など、泥のようなもので汚れている。右手で右目を押さえていた。

「すいません、いま工事してたんですけど、目に鉄線が飛んで入っちゃって」

「目？　ですか？」

なんということだ。今度は目の外傷ということか。眼科は、研修医でも回っていない。

「えと、困ったな……」

口をついて出てしまう。

「細隙灯顕微鏡《さいげきとう》、準備しましょうか」

志真の言い方は、尋ねるというよりは緩やかな提案といった感じだ。おそらく眼外傷のときに瀬戸山が使っているのだろう。

「はい」

そう返事はしたものの、使ったことはない。いや、思い返せば薩摩大学の医学生時代、眼科の臨床実習《ポリクリ》で覗いたことがあるような気もする。

「では、ご案内します」

志真は「隣の隣の処置室にありますので」と言いながら、患者を連れて出ていった。なんでもできるのは、島の看護師だからか、志真だからか。とにかく助かった。外来の裏動線を歩いて処置室へと入る。

ずいぶん広い処置室だった。診察室の四倍はあるだろうか。ベッドが中央に二台置いてあり、部屋の周囲を囲むように配置された天井近くまである棚には、ギプスや処置具、いろいろな管など医療器材がぎっしりと積み上げられている。

部屋の端に先ほどの患者が志真とともに椅子に腰掛けていた。顎を乗せ、額をつけたその先には、古い顕微鏡のような大きな機械がある。おそらくかなりの年代物なのだろうが、細隙灯顕微鏡じたいをあまり見たことがないからわからない。

――きっとここを覗くんだろうな。

展望台にあるような、目を当てる双眼鏡のような黒いレンズに目を当てる。志真が入れてくれたスイッチのパチリという音とともに、明かりがついた。大きく拡大された目玉に、縦に細長い明かりが照らされる。まるで暗い部屋で寝ていて目が覚めたら少しだけ開けられた襖から隣室のライトの光が漏れているようだ、と思った。子供の頃に、そんなことがあったような記憶がある。

見方はよくわからないが、とにかく左から右に目をくまなく見る。表面に明らかな傷はなさそうだった。

「先生、フルオレセインで染色もできますが、しますか？」

国家試験で覚えた単語が出てきた。たしか、角膜の表面の傷があるかどうかを判別するための青い色素だったような気がするが、そんなものをやってもどう見ればよいかわからない。

「いえ」

もう一度右から左に目をじっくり見たが、なにもなさそうだ。

「では、終わります」

偉そうに言っているが、これで終わっていいのか全然わからない。なにせ初めてなのだ。

「お疲れ様でした」

志真が患者に声をかけている。

またもといた診察室へと戻る。背中は汗でべたついている。

――で、どうすればいいんだ？

たしかこういう目の外傷患者に出す目薬があったが、名前を思い出せない。

診察室に戻ると、志真がすぐ後ろから声をかけた。

「先生、患者さん、お入れしてよろしいですか？」

「ええ、あ、うん」

まごまごしていると、

「目薬、お出しになります？」

と聞いてくれた。

「あの、こういうときってなに出せばいいんでしたっけ？」

志真は淡々と答えた。

「感染の可能性があるのでしたらクラビット点眼液などでしょうか」

「あ！　それ！　じゃあ患者さん入れてください」

結局、志真に教えてもらった点眼液を処方して診察は終了した。

「すいません、ありがとうございました」

患者の去った診察室で志真に頭を下げた。

「いえ」

「僕、外科しかやってこなかったので……。全然ダメですね。情けない」

「とんでもありません。また、なんでもおっしゃってください」

志真の顔が少しほころんだ気がした。

──あれ……。

これまでずっと澄ました顔しか見ていなかったからだろうか、その表情には、なにか胸に刺さるものがあった。

それからの外来はまたスムーズな流れに戻った。幸い、まったく対処のわからない患者は来ず、高血圧や糖尿病、痛風や普通の怪我人など、これまでの知識でなんとかこなすことができた。

「お疲れ様でした」

最後の一人が退室してから、志真が深々と頭を下げた。

「あ、こちらこそ、ありがとうございました。本当に志真さんがいなかったらヤバかった」

「いえ」

再びわずかに笑顔を見せた。

そのとき、診察室の扉が開いた。

「おめー、何してる《あによしたーろ》。今日診察だろ？　早くしてけろ」

入ってきたのは、まるでサンタクロースのような白髪と白く長い髭の老人だった。誰だ？

「えっ？　そうよ、こっちに来ないでよ」

志真が慌てている。その老人はちらとこちらを見ると少しだけ会釈して、

「隣、終わったか？」

と瀬戸山の診察室を指さして言った。志真が島の言葉で答える。

「まだだーが、もうちょい待ってて《まちろょー》」

一体何者なのだろう。すぐに老人は出ていった。

志真の言葉を待つが、なにも言う気配がない。そして、急に裏動線に置いてある書類を整理し始めたと思ったら、落としてしまった。

「すいません！」

「いえ、大丈夫ですか」

一緒に拾い集める。明らかに動揺しているようだ。患者データの入ったクリアファイルの束を拾おうとすると、志真の手が当たった。

「あっ、すいません」

「すいません」

妙な沈黙になる。医師用の肘掛けのついた椅子に腰掛けて距離をとった。

「さっきのは、もしかしてお父さんとかですか？」

話を変える。

「ええ、父です。すいません、あんな」

あんな、なんなのかは言わない。無作法なのか、見た目なのか。

「いえ。なんだか、仙人みたいですね」

島の仙人。ありきたりな気もするが、本当にそう思えた。

「すいません」


あれこれ詮索されたくないのかもしれない。この神仙島で生まれ育ち、看護師として高い能力を持つ志真。一体どういう人なのだろう。少しずつ心を開いてきてくれているようではある。年齢はいくつなのだろうか。いま結婚はしていなそうだが、過去に経験はあるのだろうか。

むくむくと膨張する好奇心を抑えるように、席を立った。

「これで午前の外来は終わりですよね。いったん、医局に戻りますね」

「承知いたしました」

落ちたものをすっかり拾い終え、いつもの冷静な志真に戻っていた。

＊

医局に戻ると、誰もいなかった。瀬戸山はまだ外来をしているのだろう。

窓から見える海は昨日とは打って変わって高い波が立ち、鮮やかな濃紺が白いしぶきに打ち消されている。これほど日によって変わるのか。鹿児島で見ていた海は桜島の浮かぶ内海の錦江湾《きんこう》だったから、波など大したことはなかった。ここは太平洋なのだ。このままずっと船でまっすぐ行くと、九州に着くのだろうか。

あらためて、ずいぶん遠くまで来たものだ、と思う。一九歳まで、自分の世界のすべては鹿児島だった。出会う人はみな西郷さんを尊敬していたし、桜島を愛でていた。天文館をぶらぶら歩きながら、揚げたてのさつま揚げを食べていたのだ。

薩摩大学を出て医師になった。厳しい国家試験が終わり東京に来ると、はしゃぐ間もなく、さらに厳しい研修医生活が待っていた。医師三年目で外科医となり、またしても辛い修業が続いた。そうしてやっとのことでなんとか少しは手術ができるようになり、この島に来たのだ。

肉体が長距離移動をしたことで、自分という人間もまた大きな精神的移動をしてきたことを実感したのだろうか。医学部に入る前と比べると、いまの自分はまるで別人のように思える。もちろん外科という限られた範囲であり、さらに大きな病院という限られた条件下ではあるが、一応いっぱしの医師として困った人をなんとかすることはできるようになった。専門家同士の議論にもまずまず耐えられるようになった。

得たものは数知れない。ということは、失ったものもたくさんあるのだろう。人の死にいちいち驚かなくなった。それを、いつの間にか業務の一部として処理、いや対応することができるようになった。

いままで一体、何人の患者さんの死に立ち会ってきたのだろう。一〇人、いや二〇人……。そんなものではない。五〇人、それ以上だ。数えることすらしていない。

ということは、顔さえ覚えていない患者がいるのかもしれない。いや違う、覚えていないのでなく、確実に忘れ去ってしまった患者さんがいるのだ、俺という人間には。

海は変わらず凪いでいて、波は静かに押し寄せては引いていく。

こん、こん、とノックがあった。独特の間のあいた、乾いた音を出す叩き方は志真のものだ。

「はい」

「失礼します」

入ってきたのはやはり志真だった。

「すいません、先生、いまちょっとお時間よろしいですか？」

返事をする前に志真の後ろから入ってきたのは、先ほどの仙人だった。太めの黒いチノパンに、やはり黒のタートルネックの長袖を合わせている。白い長髪がコントラストになり、なにか異様な雰囲気だ。背はそれほど高くない、一六七センチくらいだろうか。

「お邪魔します」

「すいません、父がご挨拶をと」

遮るように志真の父は喋り出した。

「どうも、さっきは失礼しました。半田重造《じゅうぞう》と申します。志真の父です」

そう言うと長い白髪を揺らして頭を下げたので、どうも、と軽く一礼する。すると、半田は医局に入ってきて、そのまま奥のソファに腰掛けてしまった。

——なんか用があるのかな？

「すいません」

志真がフォローするように頭を下げる。

「父はこの島の火葬場の職員なのですが、しょっちゅうここに来て瀬戸山先生とお話ししておりまして」

言いづらそうに説明をしてくれる。なぜかはわからないが、医局に入り浸っているということか。火葬場と診療所、と聞くと不穏な気配はあるが、連携という意味では必要なのかもしれない。

「雨野先生、どうぞこちら、お掛けください。志真、コーヒーを淹《い》れてくれんか」

いつの間に名前も知られている。促されるがままに半田の向かいに座る。

「先生は外科の先生とお伺いしました。ずっと東京で?」

「あっ、はい。研修医から東京に出てきました」

「そうでしたか。大学はどちらですか?」

「鹿児島の薩摩大学です」

――なんか面接試験みたいだな。

「おお、そうでしたか！　鹿児島はいいところですなあ。若い頃は天文館で遊んだこともあります」

半田はズボンの膝を掻《か》きながら言った。

「半田さんは、島が長いのですか？」

「ハッハッハ！　長いもなにも、生まれたときから神仙です。代々島の人間でして……。と言っても、わたしの祖父の代で島に来たと聞いていますが」

「そうなのですね」

　ということは、この診療所のこともずっと昔からよく知っているのだろう。だからこんな傍若無人に振る舞うのだ、きっと。

「でもね、若い頃ちょっと大阪にいたんです。そこで結婚してこっちに連れてきて、志真が生まれたんですけどね。あの子の母、島の暮らしが嫌だって大阪帰っちゃったんですよ」

　小声で言っているが、どう考えてもあちらでコーヒーを淹れている志真には聞こえている。

「ま、島の暮らしは島の人にしかわからんですからなあ」

　そういうものなのだろうか。

　志真が白いカップを二つ小さなお盆に載せて持ってきた。

「すいません」

　淹れたてのコーヒーの、酸味の混じった香りが広がる。

「では私は下におりますので」

――え？　行っちゃうの？

この医局で半田と二人にされて、どうすればいいのだろうか。話すこともない。第一、なにをしに来たのだろう。

気まずい沈黙が訪れたが、半田は意に介さないといった様子でコーヒーを美味そうに啜《すす》っている。

――たしかに、うまい……。

普段は、缶コーヒーかインスタントばかり、それも眠気覚まし目的で飲んでいる。それとは明らかに違う、味の深みがある。香りも少し酸味が強いがとても豊かだ。志真が特別にどこからか取り寄せるなどしたコーヒーなのかもしれない。コーヒー好きの父のために、など考えすぎだろうか。

そんな思考を察したのか、半田は娘のことを話し始めた。

「あれは、腎臓の病気でな。いまは診療所で透析をしております。前は東京に行っとったこともあるんですが、あまり水が合わなかったようで、ちょっと前に島に戻ってきたんです」

「そうだったのですか」

「私はいまこの島の葬儀関係をいっさいとりしきっておりまして、まあそういう関係もあって診療所と役所にはよく顔を出しているんですわ。ま、半分は瀬戸山先生とお茶を飲みにきているようなもんですが」

そう言うと、半田はまたコーヒーカップに口をつけた。

「先生、島はいろいろと変わったことがありますが、どうぞ驚かれませんように」

具体的になにを指すのかわからないが、隆治はこれを忠告と受け取った。

「はい」

「ああ、うまい。こんなうまいコーヒーを今日は瀬戸山先生は飲めなそうですな。どれ」

よっこいしょ、と声をかけて腰をあげると、

「じゃあ、今日はこれで失礼します」

とカップをシンクに置いて医局から出ていった。

――そうか、志真さん、病気だったのか……。

あの志真の、どこか陰のある雰囲気からするに、長患いしているというのは腑に落ちた。一体なんの疾患だろう、とすぐ思いが及ぶのは職業病だ。

それにしても東京に出ていたとは意外だ。人生や生活に、刺激を求めるというタイプには見えない。看護師になるため、仕方なく島を出て、最寄りの看護学校に行ったとい

うことだろうか。この島に看護学校はないだろうが、小学校や中学校はあるのだろうか。

そういうことも、おいおい志真や瀬戸山から聞いていこう。そのような生活の背景を知ることは、診療にも役立つだろう。ともかく、東京の病院とはかなり勝手が違う。

急に空腹が押し寄せた。空腹感というのは、富士山の稜線のように連続的にだんだん持ち上がるものではなく、東京タワーのように、感じたと思ったらいきなり最高点まで上がるものなのだ。

壁にかけられた時計の針は一二時ちょっと前を指していた。

朝頼んでおいた弁当はどこにあるのだろう。部屋のなかを見渡すと、冷蔵庫の上に白いビニール袋があった。

しかし、弁当が入っているにしてはどうも形に違和感がある。袋が、サッカーボールくらいの球体を包んでいるような形をしているのだ。近づいて見ると、袋は二重になっている。なんの変哲もないただの袋で、スーパー名のプリントもない無地のものだ。

この診療所に医師は瀬戸山と自分の二人だ。袋には二人分の弁当が入っているはずだ。

——人間の頭が入ってたりして……。

なぜか、そんな猟奇的な考えが浮かぶ。そんなことがあるはずはない。でも、二人分の弁当を入れているにしては明らかに形がおかしい。

おそるおそる袋を手にとると、頭部にしては明らかに軽い。そりゃそうだよな、と思いつつ机に持っていって袋を広げると、上にはお味噌汁を入れたカップが二つ。そしてその下には自分の頼んだカツ丼、一番下には瀬戸山ののり弁当があった。カツ丼の容器が大きく、のり弁当が小さいために球形に見えたのだろう。

——頭なんて、なんでそんなこと、思いつくんだ……。

理由はよくわからない。

ともかくカツ丼の蓋を開けると、添えられていた割り箸で一気に食べ始めた。甘いカツが口の中に広がる。濃すぎる味を打ち消すように、その下のまだ生温かいご飯を口に放り込む。

ものの二分もしないで食べ終わってしまった。味噌汁を最後に一気飲みすると、ソファにもたれて大きく息を吐いた。この生活が半年続くのだ。

窓の外は相変わらず凪いだ海が水平線まで続き、昼の緩んだ太陽の光を反射していた。

＊

「次の方、どうぞ」

夕方、といっても三時を少し回った頃。診察室で、左後ろの志真が言った。

「先生、次の方は初診です。トウガイの方です」

「トウガイ？」

すぐに意味がわからない。

「すいません。島外《とうがい》、島の人じゃないという意味でした」

「そうでしたか。ということは、仕事かなにかで？」

「この方は釣りをしていて怪我したと、先ほど連絡がありました」

「釣り、ですか？」

志真は当然と言った顔で答える。

「この島は観光で来る方もけっこうおられます。釣りとバードウォッチングが有名なので」

そういえば行きの船にも釣り人がいた。

「では、入ってもらってください」

志真が呼び入れると、入ってきたのは車椅子に乗せられた若い男性だった。車椅子を押す女性は、奥さんだろうか。

「ええと、市村《いちむら》さん、市村於菟《おと》さんですね」

黒いジャンパーに、びしょ濡れの白いズボン。足には長靴を履いている。釣り人の格好が似合わないほど、端整な顔立ちだ。切れ長の目元、細く整えられた眉毛は、まるでいまどきの都会の高校生のようだ。

よほど痛いのだろうか、顔をしかめている。

ちらと女性を見る。

「奥様でいらっしゃいますか」

志真が尋ねると、

「あ、いえ、彼女です」

代わりに市村が答えた。小柄な女性が軽く一礼した。ボブにまとめた髪が揺れる。

「今日は、どうしましたか」

添え木をして包帯を巻いた右足をちらと見る。

「宿の目の前の岩場で釣りをしていたら、足がすべっちゃって転んだんです。そしたらでっぱったところに膝を打っちゃって」

「この包帯なんかはどこでやりました？」

「ああ、泊まっていた民宿で」

「島にはいつからいつまで？」

「仕事休みで来たので、一カ月ほど」

そんなに長期間休める職場があることに隆治は驚きつつ、問診を続ける。

「持病はなにかありますか？」

そう訊ねながらちらとカルテの年齢を見ると、三四歳とある。まだ若い。

「1型糖尿病です。血糖を自分で測りながら、インスリンも打っています」

1型糖尿病は自分の膵臓《すいぞう》がインスリンを作れない病気だ。そのため、インスリンを自己注射しつづけなければならない。これまで過去に四、五人は担当患者にいた記憶がある。

「小児の頃からですか？」

「そうですね、だいたい中学生くらいからインスリンの注射はしています」

骨折などの外傷のストレスがあると、血糖が乱れる可能性がある。ちょっと問題だ。

「わかりました、ではあちらでお怪我を拝見します。それから検査をいくつかやりましょう。志真さん、処置室に」

「はい」

志真に付き添われて診察室を出ていく市村を見送り、パソコンでレントゲンのオーダーを「下腿《かたい》　二方向　両側」と入れた。骨折くらいなら牛ノ町病院の救急外来でも見ているから、それほど心配はしていない。

裏動線を通り、再び処置室へ行くとすでに市村は簡易ベッドに横になり足を露出させていた。本人の言うように岩場で転んだような打撲や切り傷がいくつかあるが、特別に洗浄や縫合《ナート》が必要なものはない。あとは骨折があったらギプスをつけるかどうかだ。

「じゃあ、レントゲン撮りましょう」

「はい、先生……。あの」

志真が少しかがんで裏動線に行く。なんだろうか。とりあえずついていくと、小声でこう言われた。

「今日、実は放射線技師がお休みでして、レントゲンは先生に撮っていただくことになります」

「え！」

そんなことを言われても、レントゲンなど撮ったことがない。

「説明書が置いてありますし、私もたまに見ておりますのでお手伝いいたします」

言われるがままに、先に処置室の向かいの「X線室」に入る。正直言って、不安しかない。

診察室と同じくらいの広さのその薄暗い部屋に入ると、壁にかけられた説明書を見つけた。「レントゲンの撮り方　先生方へ」とある。

「診療放射線技師法により、医師、歯科医師または診療放射線技師でなければ放射線を人体に対して照射する（撮影を含む）業をしてはならない、と定めており」

——なるほど。

時間がないがざっと読んだところでは、まず患者をベッドに寝かせ、ベッドのすぐ下に設《しつら》えられた溝のようなところに「カセッテ」と呼ばれる大きな板を入れ、「管球」という X線を出す機械の位置と方向を合わせ撮影し、カセッテを取り出して画像処理の機械に挿入する、ということだった。ふだん、牛ノ町病院で使っている透視検査の機械となんとなく似ているから、操作はかろうじてできそうだ。

とにかくやってみるしかない。

X線室の前には志真と市村が待っていた。

「どうぞお入りください」

志真が市村の腕を持って補助し、ベッドに寝かせる。

「いててて……」

管球から出した撮影範囲を示すライトを、市村の足の形に合うよう細長くする。部屋を出たところで、志真がスイッチを渡してくれた。昔の映画に出てくる写真館で見たような、縄跳びの持ち手のような道具を握って、先端のボタンを押すタイプだ。

「それでは撮りますね」

親指でボタンをぐっと押し込むと、まるでオモチャのような抵抗のなさだった。ピッという音がする。これで撮影ができたのだろうか？

「はい、では次の方向ですね」

志真がさりげなく助けてくれるのはいつものことだ。

「カセッテを取り替えますね」

それとなく指示を出してくれる。こんな気遣いは、いつ学んだのだろうか。それとも生来のものなのだろうか。


撮影が終わると、電子カルテのモニターでレントゲン写真を表示させた。病院のいつものレントゲンというわけにはいかないが、まずまずちゃんと撮れている。しかしこれで安心してはいけない。

骨折があるかどうか、じっくりと見ていくのだ。ここは島だから、「よくわからないから整形外科の先生に画像をちょっと見てもらう」というわけにはいかない。

拡大して、細かなラインを見ていく。黒い背景に、市村の足が、X線を透過させない組織を白く映し出す。皮膚や筋肉、脂肪はうっすらと灰色に見えるが、骨は真っ白である。

夜空に浮かぶ三日月のように漆黒のなかに映される、市村の白い骨の輪郭を追いかけていく。

「パッと見て折れているのは誰が見てもわかる。それより、小さな剝離骨折なんかがよく見落とされるんだよな」

研修医の頃一カ月だけ回った整形外科で指導してくれた短髪色黒の中年医師は、ずいぶん丁寧に教えてくれた。医学のみならず、三人も子供がいるのに離婚しちゃったよ、とプライベートまで教えてくれたのだ。

つい二カ月ほど前に、牛ノ町病院の廊下ですれ違ったというのに、遠くに来ただけでずいぶん懐かしく感じる。

肉体的な距離は、時間的な距離を作り出すのかもしれない。

ひととおりレントゲンを見て、椅子にもたれる。

——なにもないか……。

遠くから画像を見つつ、パソコンのマウスを右上の×のところに持っていきレントゲン写真を閉じようとしてハッとした。

「えっ！」

なんと、ぼっきりと一本の骨、腓骨《ひこつ》が折れているではないか。ちょっと遠くから全体を見たらすぐにわかるのに、細部ばかり目で追っていたから気づかなかったようだ。

——危ないところだった……。

これがいつもの病院だったら、誰か他の医師が見てすぐに気づくだろう。しかしここはダブルチェックなど望むべくもない。自分で判断を誤ると患者の不利益に直結してしまう、恐ろしいところなのだ。

もしかして、島で医療を行うというのは、めちゃくちゃ難易度が高いのではなかろうか。

「先生、患者さん入れますか？」

絶妙のタイミングだった。

「お願いします」

志真が車椅子を押して市村を診察室に入れた。

「市村さん、ここが思いっきり折れています。ギプスが必要ですね。それから、けっこう大きめの怪我もありますから、船で東京に帰っていただき、整形外科を受診したほうがいいのではないかと思います」

「やっぱりそうですか……」

　市村も予想はしていたようだ。

「一応ギプスだけつけますから、明日の船ででもお帰りになったほうがいいのでは。糖尿病もおありですから、傷の治りが悪い可能性が高く、かなり長引くかもしれませんよ」

　それには反応せず、市村はうつむいて黙ってしまった。痛いのだろうか？

　では処置室に、と志真が言うと、市村は顔を上げた。

「先生」

　市村は顔を上げて言った。

「申し訳ないのですが、島にもうしばらく滞在したいと思っています。ここで治療を続けていただくことはできませんでしょうか？　専門外とは思うのですが」

「えっ、ここでですか？……。そうですねえ。島にいていただくのは市村さんの自由なんですけど、うーん」

　言いながらいくつかの疑問が頭に浮かぶ。

　第一に、本当に他に骨折はないかどうか。そして次に、手術は必要かどうか。必要ならば、早いほうがいいのか。そして手術をしないことで、神経障害のような他の危険性はないのか。

　わからないことが多すぎる。骨折治療を普段からやっている医師にちらとでもレントゲンを見てもらえれば、そして一言助言をもらえれば、島にいていいかどうか判断できるのだが……。

「私、どうしても来たかったんです、神仙島に。それで、二年以上かけて準備をしてきまして。フリーランスでウェブデザインなどをやっているんですが、いろんなクライアントの仕事をすべて片付けてやっと来ることができたんです。お願いです」

　真剣な表情で懇願する。

「そう言われても、しかし……」

　志真が耳打ちした。

「瀬戸山先生にご相談しますか？　往診中ですが、そろそろ帰ってこられるかと」

「そうですね、そうしましょう！」

　またしても助けられた。

「では、ちょっと所長とも相談しますので、一度待合室でお待ちください」

　またしても瀬戸山頼みだ。仕方ないとは思いつつも、情けない。

　同じ医師免許一枚で戦っているというのに、そして医者として七年もやってきたというのに、これほどまでに自分は技量がない。

――いや、でもだからこそ自分はここへ来たのだ。

身につけた何枚もの傲慢さと訳知り顔をひっぺがすために、である。

そうだった、いまこの市村の診察をしていて、自分が島行きを引き受けた理由がはっきりしてきた。

いくら外科医とはいえ、日々同じことを繰り返せばなんだって一通りはできるようになる。しかし、それはあくまで大きな病院の、外科上司や他科の医師、看護師、放射線技師など大勢のスタッフがいることが前提で、かつ腹部の疾患という限定の上で初めて成り立っているのだった。まるで砂場の山に立てた棒のようなものだ。少しでも山を削り砂を減らせば、すぐに棒は倒れてしまう。心のどこかにそんな危機感があったのだろう。

こんな無力さを実感するのは何年振りだろうか。こんな未熟な医者がやってきて、島の人にはいい迷惑だろうが、それでも、なぜか嬉しい気持ちが湧き上がる。

挑戦を生きがいとしているなどと言ったら大袈裟だが、医者としてレベルアップできるかもしれないこの場所に来て本当に良かった。

隆治はしばらく一人で椅子に座っていた。

診察室にはいつの間にか夕日が差し込み、デスクには水銀式血圧計の長い影が伸びていた。

＊

結局、市村は島で治療をすることになった。どうしても島から帰りたくないと言う市村に折れる形で、神経障害などもないため瀬戸山が、「そんなにご希望なら、島でいいだろう」という判断を下したのだ。ただし、治療経過が思わしくなかったらすぐに都内へ、という条件付きである。

外来終わりに、志真が「午後は透析を受ける」と言っていた。なにかありましたら、透析中ですがベッドサイドまで来ていただけますかと言われたのには驚いた。他の看護師もいるだろうに、外来担当だからだろうか。

夕方、書類仕事を終えてから四人部屋の病室へと赴くと、市村は一人窓側のベッドの上に座っていた。他のベッドは空である。

「市村さん」

「ああ、先生ですか」

パジャマに着替えた市村は、すっかり病人らしくなっている。

「痛みのほうはいかがですか」

「ええ、まずまずです。さっき看護師さんが氷水を持ってきてくれたので、冷やしています」

薄い布団が掛けられた右足は、下に枕を入れているのだろう、盛り上がっている。

「痛み止め、一応出していますので一日三回飲んでください。それと、横になったら必ず足は上げておいてくださいね」

「ありがとうございます」

市村は笑顔を作った。

「せっかく島に来れたのにこんなことになってしまって」

「一カ月もお休みを取ったんですよね」

「ええ。趣味が釣りなもんですから。本当は一人で来たってよかったんですが、彼女がどうしてもついてきたいと言って」

「彼女さんは民宿に？」

「ええ、かなえは宿で休ませています。僕がこんなことになっちゃったんで、かなえは退屈するだけだから東京に帰ってもいいんですが、寂しいからもうちょっと島にいてよって言ったんです。着替えとかも困るしって。そしたら、じゃあ私もダイビングでもやって満喫しようかな、なんて言ってましたよ」

市村は嬉しそうに話し続ける。

これくらいで切り上げよう、と隆治は思った。

市村のプライベートに立ち入るのはどうにも気が乗らない。期間限定の島医者である自分と、やはり期間が限られた旅行者の市村だからだろう。

話もそこそこに「では」と退室しようとしたら、話が続いた。

「先生は、島での勤務は長いんですか？」

こういう相手に限って、面倒な質問をしてくるものだ。

「いえ、まだ来て数日なんです、実は」

「あ、そうでしたか！　なんだか嬉しいなあ」

なぜかわからないが喜んでいる。

「市村さんは初めてですか？」

「ええ、初めてなんです。ここは釣り人には有名なスポットなので、いつかは来たいと思っていたんですよ」

「なるほど」

他に答えようがない。

「私、普段はパソコンばっかり眺めているものですから、休みの日は広い海が見たくなるんですよ」

ウェブデザイナーという仕事を隆治はほとんど知らない。企業のホームページなんかを作るのだろうか。

「先生は、外科のお医者さんなんですよね」

「え、ええ」

「看護師さんから聞いたんです。だから安心だって。僕ね、叔父が外科医だったんですよ、だから外科医ってすごく憧れがあって」

「そうなんですね」

「ホント、すごいですよね！　かっこいいなあ」

返答に困り、あやふやに声を出した。

「給料も高いんですよね、きっと。いやあ、すごいなあ。すごい」

すごい、を連発している市村に白々しさを感じてしまうのは、ひねくれすぎだろうか。

この手の患者は、治療と無関係な話を延々としてくる。それだけならばいいのだが、こちらのプライベートに土足で入ってくるようなことが割と多いのだ。だから隆治は、このタイプの人は少々警戒している。

すごい、かっこいい、と言い続ける市村との会話を、まるでパソコンを強制終了させるように、

「ありがとうございます、では」

と言って、隆治はベッドを離れようとした。すると、

「先生、すいません。一つだけお願いがありまして」

と市村が引き留めた。

来た、と思った。医者に余計な世間話をする人間は、親しくすることで便宜を図ってもらいたがるか、よく喋るタクシー運転手のように暇を潰すために話したがるかの、どちらかだ。市村はなにか要求があるのだろう。

「なんでしょう」

「イカ、出ませんかね」

「イカ?」

「ええ、イカ。私ね、イカが大好物なんです。三日に一回はイカを食べないと落ち着かないんです」

なぜ、と問いたくなるが、釣り人ならではの海産物好きなのかもしれない。余計なこ

とは言わないでおこう。

「ここは食事が出せないので、アンジェリーナ刈内商店の弁当だけなんです」

入院のとき、看護師が説明しているはずだ。

「そうですか……。あっ、じゃあ、かなえに持ってこさせるのはいいですか？」

「え、ええ。まあそれならかまいませんが」

「良かった！　ありがとうございます、先生！」

民宿住まいの彼女さんにそんなことができるかはわからないが、とにかくどうしても食べたいらしい。

「でもどうしてイカを？」

「いや、なんか子供の頃よく食べてたんです。アニキが釣って獲ってくれて……。貧乏だったもんですから、唯一のご馳走って感じで」

イカが唯一のご馳走だったとは……。

「アオリイカとかケンサキイカ、こっちの釣りでは有名なんですよね」

なんだか話が長くなってきそうなので、あやふやに笑顔を作る。医者七年目になると、こんなことは上手くなる。

意外なところで喜んでもらえたので、やっと隆治は離室することができた。

Part 3　祭りの夜

島に来て四日目の夜、隆治はお向かいの秀子宅に夕食に招かれていた。広いリビングの大きなテーブルの向かいにいるのは秀子とその息子、そして左隣には志真だ。

「じゃあ、乾杯しましょう。雨野先生、ようこそ！」

秀子のかけ声で三人の大人がグラスをぶつけた。

「ほら、タモロウも乾杯しようよ」

「いいよ」

三歳になったばかりという息子は、アンパンマンの絵が描かれた黄色い子供用コップを持ち上げた。

「かんぱーい」

グラスとぶつける。

「せんせい、名前なんてゆうの」

「雨野先生よ」

「あめのせんせい」

秀子は予め息子に医者が来ると言っていたのだろうか。

「よろしくね、せんせい。おしごとたいへんだね」

三歳でもこんなにしっかりしているのか。驚きつつも、

「うん、よろしく、ありがとう」

と答えた。

目の前には秀子のお手製だろうか、大皿が四つ並んでいる。色とりどりの刺身の皿、肉じゃがの皿、サラダの皿、そして焼きそばの皿。各人の前には箸とフォークがきちんと並び、そして黄色い縁取りのされた丸い取り皿が置かれていた。ドレッシングは三本、醤油とソース、そして七味が並んで立っており、その隣には瓶ビールが二本置かれている。

「じゃ、どうぞ食べてね。なるべくお刺身を先に食べて、傷んできちゃうから。あ、先生はお酒ってなに飲むの？　いろいろあるわよ」

「ありがとうございます、ビールで大丈夫です」

「志真ちゃんはどうする？　今日はちょっと飲む？」

ビール瓶を片手に、ターバンのようなもので髪を上げたエプロン姿の秀子が勧める。

「いいえ、やめておきます」

白いフレンチスリーブのトップスを着た志真は、細い二の腕を露《あら》わにして麦茶のコップを持っていた。

「じゃんじゃん食べてね。雨野先生にはワインもあるからビール早く飲み終わってね」

そう言いながら、秀子は息子の皿に焼きそばを取りわけた。

和やかな雰囲気ではあるが、まだ自分としては緊張の糸がほぐれたわけではない。秀子とは昨日診療所で会った。瀬戸山先生の判断で結局入院となり、島の滞在となった骨折の市村のことでいくつか指示を出しただけだ。志真は相変わらず真面目で、なかなか雑談を挟む余地がない。今日、酒でも飲んでくれればその勢いで話ができたのだが、どうやら飲まないようだった。

――あっ、そういえば透析だってお父さん言ってたもんな……。

一般に、透析患者は厳しく水分制限をされる。だいたい一日に五〇〇ミリリットルくらいが上限だろう。朝、コップで一杯水を飲み、仕事をしながらお茶でも飲んでしまったら到底お酒を飲む余裕などない。

とりわけた肉じゃがを口にして驚いた。わずかに甘みを感じるだけで、ほとんど味がしないのだ。

「ごめん、塩っ気はほとんどいれてないんだ、醬油をかけて調整してね」

知ってるよね、というふうに秀子は目配せをした。

そうか、これも志真への配慮だ。透析をしているときは塩分も厳しく制限される。たしか去年、透析患者の胃癌手術をしたときにいろいろと勉強をした。一日六グラム程度しか口からとってはいけないはずだ。病院では「透析食」という食事をオーダーしたように記憶している。

「すいません」

隣の志真が肩をすぼめ、小さく頭を下げる。

「えっ、あっ、いえ全然」

誤魔化すようにビールに口をつける。

「そうそう、この子透析中だから。ぶっ倒れたとき用に、警備会社の押すとすぐ救急隊が来るボタンをスマホに付けて持たせてるくらいなの」

そうだったのか。透析患者は、急に心停止することが少なくない。長年透析をする患者の最期は、そういう急なイベントのことが多いのだ。もしかして志真もあまり透析治療の経過は良くないのだろうか。

「で、なに、先生はいつもの都立の先生じゃないんだよね。なんだっけ、にわとりとか牛とかそういうところだっけ？」

「牛ノ町病院です」

思わず笑ってしまった。志真も笑っている。

「ウシノマチ……。ごめんね、聞いたことがないなあ。私、ちょっと前まで都内で看護師やってたんだけどね」

「上野のほうにあるんです。そうなんですか？」

「うん、都立田端《たばた》病院ってとこ。この島とか三宅島に派遣されてるドクターもいたのよ。でも変なところでね」

秀子はテーブルの向かいからグラスにビールを注いでくれた。

「ナースの平均年齢が異常に高いの。看護部の公表では四一歳って言ってたわ。私は都立の看護学校だったからそのまま新卒から入ったけど、まあいじめられたわ。もうね、全員お局《つぼね》様なのよ、全部白髪のおばあさんみたいな看護師までいるんだから」

志真が面白そうに笑っている。

「それでも一〇年ちょっとやって、子供ができて離婚したから子育ての環境を考えてこっちに移住しちゃったの。本当にロクでもない旦那でさ。あ、外科医だったけどね」

そう言うと秀子はにやっと笑ってビールを一気飲みし、自分でグラスに注いだ。隣の保郎は秀子のスマートフォンを見ながら大人しく焼きそばを食べている。

「志真ちゃんも東京にいたのよね。何年前だっけ、神仙島に帰ってきたのって」

「もう二年半になります」

「そっかー、なんか早いよね。まあこの子も大きくなるわけだ。で、先生はさ、彼女いるの？」

「えっ！」

いきなり突っ込んだ質問をされ戸惑う。

「なにその反応。いるわけ？」

「いや、いません、いませんけど」

「けど、なに？　妻はいます、とか？」

秀子は自分の言葉に笑った。

「結婚もしてませんし、彼女もいませんよ」

ビールをぐいっと飲む。

「そうなんだ。いつから？」

いつから、というのはいつから彼女がいないのか、と聞いているんだろう。

「えと……」

前に付き合っていたはるかと別れたのはいつだっただろうか。すぐに思い出せない。

「たしか一年前くらい、です」

「げ、先生そんな長いこといないの？」

秀子が顔をしかめる。

「え、ええ」

目を逸らしたくて肉じゃがに醬油をかける。

「ほほー。三一歳、外科医、まあまあイケメン、一年彼女ナシ、島へ半年滞在、か。はっはーん」

そう言うと、秀子は立ち上がってキッチンへ行った。

秀子がいなくなってしまうと、動画に見入る保郎に水を向けるわけにもいかず、志真となにか話さなければならない圧が高まる。沈黙が気まずい。気づかれないように、顔を向けず目だけで志真の横顔を見ると、にこにこしている気がする。

「これ飲もうよ」

戻ってきた秀子が手に持っていたのは白ワインと二脚のワイングラスだった。

「で、先生を酔わせたところで根掘り葉掘り聞いちゃおっかな」

「ええっ、いいですけど。なんか、うん」

すでに少しずつ酔ってきているのだ。まだ島に来て四日なのだから、失態は避けなければ。そう思っていると、いつの間にエプロンを外した秀子はワインをグラスに注いでいる。

「じゃ、ワインの乾杯ね」

慌ててグラスを手にする。

「このワインね、クラウディーベイって言うの。ニュージーランドのワインなんだけど、安い割においしくて。ずっと特別にお願いして船で運んでもらってるのよ」

鼻を近づけると、たしかにいい香りだ。

「ハーブみたい」

「そうなのよ、香りがよくて、また味もとってもいいの」

ワインなどほとんど飲んだことはないから味なんてわからない、と思いつつも口に含む。

「あれ……」

「どう、美味しいでしょう」

「甘すぎず酸っぱすぎず、なんて言うんですかね、複雑な味……。でも美味しいです」

秀子は嬉しそうだ。

「少し嗅いでみる？」

志真にグラスを渡す。

「本当、いい香り」

幸せそうな顔だ、と思った。本当はお酒を飲みたいのだろうか。

「ね。名前はヘンだけど、いいのよコレ。で、前の彼女は？　誰？　ナース？」

急に話が変わるのは秀子のクセか、それとも酔ってきたのか。

「違います。ええと、普通のＯＬさんで」

「へー、そうなの？」

ちらと見た志真と目が合ったので驚いた。この話題に反応するとは思っていなかったのだ。

「はい」

「んー、年齢は？　待って、私当てるから……。わかった、三歳下でしょ」

「どうしてわかるんですか？」

「簡単よ、外科医がナース以外と付き合うときはだいたい三コ下なんだから。それで、どうやって出会ったの？」

「えと……。なんと言いますか……。合コンで」

「えー！　なによもうー、先生やっぱり外科医じゃない！　そうよね、あービックリした、まさか真面目さんかと思っちゃったわよ。良かった良かった、ちゃんとチャラかった」

ねー、と志真と言い合っている。

「違うんです、医者になってから一度だけ行った会で知り合ったんです」

ここで言い訳するのもおかしいが、なにせまだ来たばかりだ、変な噂が立っても困る。

「えっ先生、合コン一度しか行ってないの？」

「はあ」

ワインを一口飲む。うまい。

「やっぱり真面目なんじゃんー。志真とか、どう？」

「ちょっと、やめてください」

志真がすぐに遮った。

「え、いいじゃん、あんたもいい歳なんだからさ」

「秀子さん、先生に失礼ですから」

志真は本当に嫌そうだ。その気などまったくありませんから、とでも続きそうである。

それにしても意外な流れに、呆気《あっけ》に取られる。もしかして、今日の会はそういう意図があったのだろうか。到着して数日だというのに、しかもたった三人で歓迎会をやると昨日言われたときに抱いた微《かす》かな違和感がいま、形になって目に見えた気がした。

「先生、申し訳ありません」

志真が向き直って再び謝罪した。

「ええー、いいじゃんか。しばらく女の先生が続いてたから、やっとかって楽しみにしてたんだよ。ご近所だし、ねえ先生」

そう言うと秀子はグラスを一気に空けた。ご近所どころか、この三人はほとんど隣同士ではないか。これでは、密かに志真とデートをしても秀子に容易にバレてしまう。

――デートなんて、なに考えてるんだ俺……。

慌てて自分の考えを打ち消す。このままでは秀子のペースに飲まれてしまいそうだ。

「秀子さんはどうして別れちゃったんですか？」

酔ってきたからか、こんな話もずけずけと聞ける。

「お、話を変えてきたな。ウチはね、仕事ばっかりで家事も育児もまったくやらず、週に一度しか帰ってこないダンナだったの。まあ外科医だったら普通だけど」

秀子はグラスにワインを注ぎ足しながら続けた。

「で、これも外科医にはよくある話すぎてつまんないんだけど、ナースと浮気してたわけ。同時に五人。私もまあ一人二人ならそんなもんかと思ってたんだけど、五人はさすがに驚いちゃって。しかも私が妊娠中によ。それでコイツダメだなって別れたの。ま、よくある話よ」

——五人……。

「なんというか、すごいですね」

志真は知っている話のようで、反応せず肉じゃがを口に運んでいる。

「それでさ、子供の教育考えてたら東京じゃダメだなと思って島を探したの。大自然の中でワイルドに育って欲しくてさ」

母のスマートフォンで動画を見る息子は、島の荒々しい男に育つイメージが湧かない。

「で、先生はなんで別れたの？　やっぱり浮気？」

「違います！」

思ったより大きい声が出たので、志真が驚いた顔でこちらを見ている。

「すいません。ええと、なんというか」

言葉を探すが、頭がうまく回らない。

「仕事が忙しくて、つい誕生日忘れたり、全然会えなかったりしてたらふられたんです」

「そうだったの。ま、外科の先生はみんな忙しいを言い訳にするけど、雨野先生は違いそうよね。本当に病院寝泊まりしてそう」

ね、と秀子が志真に同意を求めると、志真も頷いた。

「本当なんです」

そう言って頭に浮かんだのは、なぜかはるかではなく葵《あおい》の顔だった。それも、富士山を下山した後に見せた弾けるような笑顔だ。

もしかして自分は、葵に恋愛感情を持っていたのだろうか。そして、そのせいではるかから気持ちが離れ、別れることに繋がったのだろうか。いや、そんなことはない。葵はかつては担当患者で、その後だって友達だったはずだ。でも、秀子に浮気と問われて慌てたのは、わずかなやましさが自分の心にあったのだろうか。

「志真さんって彼氏とかいるんですか」

酔った勢いというのは本当に怖い。素面《しらふ》だったら絶対聞けないようなことを簡単に聞けるのだ。

「えっ」

志真はまるで自分に話がふられることは想定していなかった様子だった。

「いえ、いません」

「ねー、志真ちゃんは東京で男と別れてこっちに戻ってきたんだもんね」

「秀子さん、そんなこと」

いいでしょ、と言うと同時に秀子が続けた。

「婚約までしてたのに、別れちゃうんだもん。アンタもやるときゃやるよね」

——婚約!

意外だった。

「私は別に……」

「ま、そうよね。あんな男と結婚したらヤバいわよ」

どんな男だったんですか、と聞きたい。秀子が口を滑らしてくれないものだろうか。

しかしそれきり二人とも話を進めることはなかった。触れてはいけない気がして、聞けないままワインを飲み続けた。

「先生、医師住宅はどう? けっこう広いでしょ」

「そうですね。お風呂が信じられないくらいボロボロですけど、あとは快適で」

そこまで言ってから、あの部屋の「嫌な感じ」を思い出した。

「そうよね、前の先生もそれ言ってた。風呂が酷《ひど》すぎるって。しかも一人であの広さじや持て余すわよねえ」

「はい。それで、なんか変な感じがある部屋があって……」

「変な感じ？」

「そうなんです。奥のほうの一部屋なんですけど、間取りもおかしくてすごく行きづらい上に、なんか嫌な雰囲気で」

「それ……。そのお部屋のこと……」

しばらく黙っていた志真が声を出した。

「なに？　なんかあんの？」

「ええ……。お伝えしてよいのかわかりませんが……」

そこまで聞いてしまうと、もう気になってしまう。

「なんでしょう。教えて欲しいです」

ここでも強引なのは、酒の勢いを借りているからだ。

「昔、そこでちょっと事故がありまして……」

「事故？」

もどかしそうに秀子が続きを促す。

「はい。一人暮らしのおばあちゃんが住んでおられたのですが、亡くなられたのです。

ていて」

原因はよくわからなかったのですが、亡くなってから見つかるまで数日が経ってしまっていて」

言いづらそうに志真は続ける。

「もう一〇年以上前のことです。警察が来て、もしかしたら殺人事件かもしれないと大騒ぎになったのです。最終的には病死ということになったのですが、その騒ぎでこの四軒に住んでいる人たちがみな出ていってしまい、空き家になりました。誰も住もうとしないので、町が買って診療所の職員住宅にしたのです」

秀子も隆治も黙っていた。

「それが、あの部屋だったとかで……。すいません」

怖い話を聞いてしまった。自分で聞き出そうとしておきながら、それ以上詳細を聞きたくはない。

「そうだったの。それ、私も初耳よ。そんな大事なこと、なんで教えてくれないのかね」

「でも、その方はとっても優しいおばあちゃんで。診療所にも定期的に通っておられましたが、いつも必ず庭に咲いた花を摘んで持ってきてくださったのです」

志真は目をつぶった。

「独身で、お子さんもおられなかったので一人暮らしをなさっていたのです。いつも、小さい紙に水彩画を描いておられました」

神仙島生まれの志真は、島で暮らす何人もの人たちの人生を見届けてきたのだろう。

その日は結局、一〇時過ぎにお開きになった。帰り際、秀子の家を出ると志真が「先生、おやすみなさい」と言ってくれた。

医師住宅の玄関から入った隆治は、真っ先に「あの部屋」へ向かった。

細い廊下を通り、木の重い扉を引く。真っ暗ではなく、二つの窓から月明かりが差し込み室内を弱く照らしている。嫌な感じ、はもうどこにもない。

目が慣れてきた隆治が見つけたのは、壁にかけられた小さな額入りの花の絵だった。伸びやかな緑の細い葉の上に、白い水仙の花がささやかに載せられているようだ。

――どうぞ、安らかにお眠りください。

隆治はしばらく額縁に触れていた。

＊

翌日、少し二日酔いの気持ち悪さを感じつつ診療所での外来を始めた。口が酒臭かったらいけないとマスクをつけたままの診療だ。今日も志真がついていてくれている。

「どうぞお入りください」

「新しい先生ですね」

こういうやりとりが続く。島民も慣れているようだ。高血圧や糖尿病の患者が五、六人続いたかと思えば、怪我人もときどきやってくる。農作業をしていて手を切った患者や、蜂に刺された患者などは割と得意分野だ。

外来患者が一度途切れたので志真に尋ねた。

「そういえば、入院していたあの骨折の人ってどうなりました?」

瀬戸山から、入院患者は診なくてよいと言われている。だが、瀬戸山がいない日もあるのだから、自分も把握しておく必要がある。

「ああ、あの方は、傷が感染を起こしてしまって、痛みも強いということなので入院は長引きそうです。1型糖尿病もありますし、血糖値のチェックとインスリン注射の量も安定しないみたいで」

糖尿病があると傷が感染しやすい上に、治りにくいのだ。入院が長引くのは仕方がないだろう。

一五人目くらいになった。包丁で指をざっくり切ってしまった女性で、処置室で傷を縫う。慣れた処置をしていると心が落ち着くのを感じるし、志真のアシストも素晴らしい。

「はい、終わりましたよ」

ちょうど縫い終わったそのとき、瀬戸山が処置室に入ってきた。

「雨野先生、ちょっと外傷患者が来るんだがいいかな」

「はい」

「かなり重傷だ。工事現場でトラックに轢《ひ》かれたらしい」

眉間に皺を寄せた顔で瀬戸山は言った。

「トラック？」

この島に、そんな工事をするところがあるのだろうか。

「あと五分くらいで来るから、まず先生が診てくれるか。私は外来をとりあえず終わらせるから」

「わかりました」

手袋を外しながら、イメージを膨らませる。こんな緊急の患者は、牛ノ町でもしばらく診たことがなかった。

――トラックに轢かれた、ということは基本的には高エネルギー外傷……。まずＣＴ

る……。

を撮ってみて、という感じだろうな……。ということは骨盤骨折からの大出血もありうる……。

となると緊急手術や輸血が必要になるかもしれない。

「あれっ？」

この島で手術はできるのだろうか。そして輸血は可能なのだろうか。普段病院では輸血部があり、緊急の輸血の際にも準備してくれる。

そんなスタッフがここにいるはずはない。ということは輸血のクロスマッチ、つまり患者の血液と輸血を混ぜて安全かを確かめる試験も、自分でやらねばならないのだろうか。そもそもCTは今日撮れるのだろうか。さすがにレントゲンと違い、説明書を読んでというわけにはいかない。

数多《あまた》の不安が押し寄せる。そうこう言っている間にも救急車は近づいてきている。

ちょうど、志真が患者を送って戻ってきた。

「先生、もう来るみたいです」

そう言った瞬間、遠くから救急車のサイレンが聞こえてきた。

「志真さん、急いで末梢点滴《ルート》を二つ用意しておいてください。それから、CTは今日撮れますか？」

「わかりましたので、技師さんおりますので、撮れます」

良かった。これで診断はつく。問題は、そのあとだ。

サイレンの音は次第に大きくなってくる。音色が変わったのは、都道から診療所に向かって曲がったからだろう。

とりあえず今日は上下スクラブを着ていて良かった。白衣を脱いで、手袋をつけると処置室を出て正面玄関へ向かう。ここには救急車専用の入り口などない。待合室にはまだ大勢の患者がいるのを横目で確認し、これでは当分瀬戸山の加勢は期待できまい、と見積もる。

診療所の正面玄関を出ると、ちょうど救急車が駐車場に入ってきたところだった。重症度はどうだろうか。

助手席から飛び降りてきた中年の救急隊員が、白い救急車のバックドアを勢いよく開けた。中にいたもう一人の、だいぶ高齢に見える隊員とともに、ストレッチャーを降ろす。グレーの作業着姿の男が乗せられている。まだ若そうだ、二〇代だろうか？

――心臓マッサージはしてないか……。

心臓マッサージでは、一分間に一〇〇回のペースで胸の真ん中あたりを押しては離す。救急隊員がその蘇生行為をしていないということは、最悪の事態、つまり心肺停止ではないようだ。ストレッチャーを一緒に押しつつ診療所に入る。

「新しい先生ですか？　お願いします！」

ストレッチャーを走って押しながら話しかけてくるのは、よく日に焼けヘルメットから覗かせるもみあげの白い、いかにもベテランといったふうの隊員だ。

「キタハラヒロトさん、二五歳男性、工事作業中ショベルカーにぶつかったそうです！」

待合室の高齢者たちが心配そうに見る前をあっという間に通り過ぎる。

「特に既往なし、一カ月前から神仙にやってきて土木作業などやっていたそうです。内服なし、家族なし」

診療所の廊下を通り過ぎ、ストレッチャーはスピードを落とすと左に九〇度曲がって奥の処置室に入る。処置室では志真が待ち構えていた。

「志真さん、服を切る大きなハサミってありますか。あと、生命兆候《バイタル》測ってください」

ハサミはすでに処置台に用意されていた。黒い取っ手の、大きな裁断用のものだ。この島でも、たまにこういう超重傷の患者はいるのだろう。

「キタハラさん、わかりますか！　わかりますかー!!」

声をかけつつ、肩を叩く。少し顔をしかめて呻《うめ》いた。よし、反応はある。呼吸もしている。手首を摑むようにして橈骨動脈《ラディアール》を触れる。かすかに動脈の拍動がある、これなら血圧は五〇はありそうだ。一刻も早く点滴をしなければ。

ハサミを作業着に入れ、切っていく。その間にもベテラン隊員の報告は続く。

「現場で見ていた人の話では、お腹のあたりをショベルカーのここでぐっと押されるようにしてトラックとのあいだに挟まれたそうです」

左手を曲げ、ショベルカーのバケットと呼ばれる掬《すく》う部分の形を作っている。

切り終えた作業着を剝《は》いでいく。ブルーのチェックのトランクスもすぐ切って外すと後ろに投げ捨てる。

ぱぱっと全身を見る。骨盤がやや歪んでいる。少し膨らんだ腹部には青いあざと細かい擦過傷《さっかしょう》が無数に、といっていいほどある。

――骨盤骨折……。

それはヤバい。それだけはヤバい。骨盤のまわりを這いつくばって走行する腸骨系の動脈、静脈は人差し指ほどの太さだ。これがちぎれるととんでもない大出血になる。東京のど真ん中の病院であっても救命できないことがある、それくらい危険な病状だ。

「志真さん、静脈路《ルート》取ってもらえますか」

キタハラに酸素マスクをつけている志真に声をかける。

一度だけ、両手でぐっと骨盤を挟むように押す。骨盤の動揺性があるかどうかで、骨盤骨折の有無をたしかめるのだ。幸い、骨盤はびくともしない。

良かった。まずは第一段階をクリアだ。しかし、次の恐ろしい所見を確認しなければならない。

お腹を触る。がっしりした両手足にはおよそ似つかわしくない、まるで小太りの中年男のようなお腹の膨らみだ。押してもさほど抵抗はない。

「痛みますかー？」

大声で尋ねるが反応はない。強く腹を押しても顔をしかめることさえしない。

だからといって、腹腔内の臓器の損傷を否定できるというものでもない。痛みへの反応が表に出ないほど意識レベルが下がっているという可能性も十分にあるのだ。

「僕も静脈路《ルート》を取ります」

ひんやりとしたキタハラの腕を触る。持ち上げてもだらりと落ちようとするその腕からは、生きる意思をまるで感じない。いままさに、命の向こう岸に引っ張っていかれようとしているのだ、この男は。

「先生、ルート取れました。血圧は測定不能ですね」

こんなときでも志真は冷静な口調だ。それにしてもこんな血液のない虚脱した静脈に、どうやって点滴の管を入れたのだろうか？　いったいどこでこんな経験を積んだのか。

「なんでもいいんで全開で入れてください」

「はい、乳酸全開《リンゲル》です」

この手際の良さは、ほとんど高度救命救急センターのベテラン看護師だ。

いや、感心している場合じゃない。とにかく目の前の血管に集中しなければ……。

入った。来た！

「志真さん、こちらにもなにか点滴繋げられます？」

「乳酸《リンゲル》でいいですか？」

全開の速度で点滴が入っていく。そういえば酸素飽和度は測定できていたのだろうか。モニターに目をやると、そこにあるはずの数値が表示されていない。血圧が低すぎて測れないのだろう。

とにかく最低限の救命はできた。血圧が上がったら原因を解明しなければ。

「血液ガス《ガ　ス》分析、ここって測れますか？」

「はい、機械があります」

「じゃあ動脈血とりますね」

採血で貧血の具合を見て、次にはCT検査に行きたい。しかし手が足りない。あと二人、いや一人でもいれば倍のスピードでできるというのに。

志真が用意していた二〇ミリリットルの太い注射器《シリンジ》を右手で持つ。キタハラの足の付け根、鼠径部で境目なく無秩序に生える陰毛と体毛をかき分けて左手でまさぐると、大腿動脈《フェモラール》の拍動を触れた。少し血圧が上がったか、と思いモニターを見やると「酸素飽和度　99％　血圧68／32」とあった。やはり血圧が低い。

拍動する小指ほどの太さの管にえいと針を刺す。針の後ろにつけられた空の注射器に赤い血が噴き上がる。

「志真さん、ガス渡していいですか」

腹の膨らみを考えると、やはり腹腔内の出血を一番に考えなければならない。いつもの病院なら血管内治療《アンギオ》で治すこともあるが、肝臓や腸の損傷の可能性がある以上はやはり腹を開けなければならないのだ。

「血圧、上がってきました」

志真の声にモニターを見ると、血圧は80／46とある。点滴に反応しているのは良い兆候だ。同時に、キタハラが声にならない声を上げた。

「わかりますか！」

耳元で大きな声をかける。

「うう……いてえ……」

血圧が上がり、意識が少し戻ってきている。時間はない。

「CT、行っちゃいましょう！」

処置室のパソコンをいじり、無事に三分ほどで撮り終わったCTの結果を見て思わず声を出してしまった。

「これは……まずい……」

「小腸はちぎれとるな」

振り返ると瀬戸山がモニターを覗き込んでいた。

「先生」

「肝損傷……もあるか。腸間膜からの出血もありそうだな。先程、手配をしておいた」

瀬戸山が一瞥《いちべつ》しただけで所見を述べていくのに驚いた。外傷患者の治療の経験も豊富なのか。

「え、手配？　なんのですか？」

「ヘリだよ。ここではオペができないから、ヘリ搬送で都立病院に送るんだ」

瀬戸山が当然のように言うのに驚き、隆治はためらいながら尋ねた。

「でも先生、搬送では間に合わないのでは……」

「依頼してから向こうの病院に到着するまで早くて四時間だ。それから腹を開けることになると思うが、あと五時間くらいならギリギリ持つ」

「えっ！　だったらここでやりましょうよ！」

「先生、それは無理だよ。輸血の準備もなく、わたしと先生しかいない。麻酔、かけられるか？　わたしは小さい予定オペの全身麻酔くらいならやるが、こんなに不安定な患者は危険だ」

諭すように瀬戸山が言う。

「でも……」

なにか手段はないか。救命の確率を上げる一手はないのか。後ろのストレッチャーに乗せられたキタハラは、目をつぶったまま苦しそうな表情をしている。

「腹腔穿刺《せんし》するっていうのはどうですか？」

「それは悪手だ」

瀬戸山は言い切った。

「そんなことをしたらせっかく止まっている出血が、また出始めるよ。いいか、いま腹腔内は出血のせいで圧がパンパンに上がっている。その圧のおかげで、損傷した血管から血が出ないいんだ。その圧を下げてしまったら、また出るよ」

まるで高校教師のような口ぶりで説明をする。

「そうか……。じゃあ、どうすればいいんですか？」

「どうすればいい？」

瀬戸山は驚いたように反復する。

「先生はヘリコプターを速く飛ばせるか？　それともおっかなびっくり麻酔をかけて死なせるか？　残念だがどうしようもないんだよ」

言う内容の割には、平然とした口調だ。

「すいません」

「島にはいろんな事情があるのだ」

——でも……。

腑に落ちない。果たしてヘリコプター搬送でこの患者は生き延びられるだろうか？

「外来患者も待っている。いったんそちらに戻るので、よろしく」

瀬戸山はそう言い残すと行ってしまった。そんな殺生《せっしょう》な、と思うが、たしかに外来もまだ一〇人以上は待っているはずである。やむを得まい。

「うう……どこだ……」

そのとき、後ろのストレッチャーにいたキタハラが声を出した。駆け寄ると、目を開けている。

「わかりますか？　ここは病院、じゃなかった、診療所です」

「ああ……そうですか……。イテテ……。俺、ミスっちゃって……」

顔をしかめながらあたりを見回している。

「どんな状況でした？」

「え、なんか……。後ろ向いてパイプを持ってたんです、たくさん。通っちゃいけないところ間違えて歩いてて、そしたらショベルカーが背中に当たってて……。いててて」

喋るとお腹に圧がかかるため、痛みが増すのだろう。

「痛み止め、やりましょう」

志真に鎮痛剤の注射の指示を出す。

——どうしたものか。

とにかく大量に点滴を入れ続けるしかない。血圧が上がり意識も戻ったところを見ると、いまは出血が止まっているようだが、こんなものは一時的だ。失われた血液を点滴で代用し、とにかく循環している液体の量を保つのだ。

「先生」

キタハラが絞り出すように言った。

「無理……よね……」

「え？」

「おれ、無理すよね……」

「なに？　どういうこと？」

「島で事故にあったら死ぬって……言われてて……。わかってます……だから」

「え！　そんなことありませんよ！」

咄嗟《とっさ》に口をついて出た言葉は、自分の声ではないように聞こえる。

「いいんです……。親方にありがとうって……言っといて……」

「なに言ってんですか！　しっかりして！」

しかし兎のような弱々しい目をした男の言葉は間違っていない。そこにはたしかに、ひんやりとした死の予感がある。医者を七年やった自分にはそれがわかる。

どうする。どうやってこの若い男を救命するのだ。

やれることはわずかだ。一本でも多く血管に管を入れ、一滴でも多く液体を血管内に入れるしかない。

「志真さん、もう一本ルートを取りたいんです」

鎮痛剤の点滴バッグを点滴棒に吊るしていた志真が振り返って、少し意外そうな顔を

した。それもそのはずだ。すでに点滴のルートは二本も確保されているのである。それでもすぐさま表情を打ち消すと、

「わかりました」

と答えた。

ちらと電子カルテのモニターに目をやった、そのときだった。

リリリリン　リリリリリン
古い黒電話の呼び鈴のような、けたたましいアラーム音が鳴った。

「心肺停止《アレスト》！」

なんということだ。あっという間に止まってしまった。

「心臓マッサージ《シンマ》します！　ボスミン準備してください！」

意識が戻ったのも束の間、一瞬で再出血してしまったのだろうか。

「くそ！　くそ！」

組み合わせた両の手で、キタハラの胸を押す。

「戻れ！」

力が入る。強くやればいいというものではないことはわかっている。それでも両腕の力は増していく。

「二分経ったらボスミン注射《アイブイ》してください！」

隆治はずっと心臓マッサージを続けていた。

「うん、では、ご家族の到着を待って、ということで……。あ、おらんのですか。じゃあ親方が立ち会うことでよろしいですな」

瀬戸山が電話で話す声が処置室に聞こえてくる。部屋の真ん中、患者だったキタハラの亡骸《なきがら》の顔には、四辺にささやかな白いレース刺繍《ししゅう》が施されたハンカチのような布がかけられていた。

まだ汗の引かぬまま、隆治はパソコンのキーボードを静かに押していた。

腹部外傷に起因する腹腔内出血による出血性ショック。大量輸液に反応し一時は意識レベルが改善するも、その後心肺停止になり蘇生行為を行った。一時間施行するも心拍再開なく、死亡確認。

文章にしてしまうとこれほどシンプルになってしまう。このキタハラという男の生まれた場所も好物も、恋人がいたかどうかさえどこにも記録されないのだ。

恋人！　はたしてこの男に恋人はいたのだろうか。家族はどうやらいないらしい。なにか訳ありなのかもしれない。以前読んだインターネットの記事で、殺人を犯した逃亡者が身元を隠したまま密かに各地の日雇い労働で日銭を稼いでいたというものもあった。どんな事情があるにせよ、こんなむごい死に方をするものなのか。白い布の下の顔は無念に満ちているのではないか。

熱いものが首から頭のほうまで上がってくる。いずれ目から涙が溢れるだろう。どうにか救命できなかったのか。瀬戸山の制止を振り切って開腹手術をしたら助かったのではないか。この患者が東京の街中で受傷したのだったら、今頃生きて、術後の傷の痛みを訴えているに違いない。

白い布は微動だにしない。かけられた布団からはわずかに右の手が覗いている。土気色のその手はだらりと力が抜け、生気のかけらもない。

――くそっ。

なんとかならなかったのか。俺は保身で手術をしなかったのではないか。それともメスを振るうのは蛮勇で、手術をしたら瀬戸山が言うように命を奪っていたのか。わからない。わからないと思ってしまうのは、なにもできなかったという現実から目をそむけているからではないか。

隆治は両手を強く握ったまま、白い布を見続けていた。

「それでは、お連れしますので」

重造は一礼すると、白いハイエースのドアを静かに閉めた。同時に目をつぶって腰の辺りまで頭を下げる。隣の志真も黙礼している気配がある。

顔を上げると、重造は再び深く一礼し、運転席に乗り込んだ。夕方にしては冷たい風が首筋を撫でる。海からの、湿った風はどこか重たい。

診療所の裏側、つまり海側ということになるが、こちらに小さな駐車場があるとは知らなかった。表玄関前の駐車場から建物をぐるりと回ると車一台分の細い道があり、そこを通ると裏手のここに辿り着ける。おそらく死亡した患者のための搬出路なのだろう。

まるでファンファーレを一音だけ切り取ったようなクラクションの音が響き、車がゆっくりと進み出した。これからキタハラは葬儀場に運ばれる。そこは火葬場も兼ねていて、すぐに火葬となると志真から聞いた。

キタハラの乗った車の四角い尻を見送りながら、志真になにか言おうか考える。志真の横顔からはなにを考えているかがうかがえない。無表情とも違うのだが、なにか大きな感慨を持って見送ったというのとも違う顔なのだ。なにかを諦めてしまったような……。

「戻りましょう。先生、お弁当を召し上がってください」

そう言われてハッとした。朝から外来をし、昼前に運ばれてきたキタハラの救命にかかりきりだったのだ。いや、救命じゃない。命を助けられなかった医療行為はなんと呼べばいいのだろう。

食欲などない。しかし食べておかねばならない、いつなにが起こるかわからないのだ。研修医の頃から叩き込まれた習慣だ。

二人は言葉もなく診療所へと入っていった。

*

その日の夕方、診察を終えて二階へと上がると、医局には瀬戸山がいた。壁の時計は五時を回っていた。晴れた空に夕日に照らされた赤い雲が、二つ浮かんでいる。

「先生、今日は大変だったね」

瀬戸山はシャツの上に白衣を着たまま、ソファに座り新聞を広げて読んでいた。

「……はい」

瀬戸山の顔を見た瞬間、顔に白い布を乗せられたキタハラが目に浮かぶ。

——先生が一言「やる」と言えば、あの青年は助かったんじゃないですか。

非難の言葉が口をついて出そうだった。


「気の毒だった」

先手を打つように、瀬戸山は新聞に目を落としたまま言った。

「ああやって現場で死ぬのはいつも、若いモンだ」

——なにを白々しいことを言っているんだ。

「……先生、救えませんでしたかね」

「……まだ言っているのか」

「いろんなリスクがあるのは理解しています。それでも、あんな……」

見殺しに、という言葉を言いかけて飲み込んだ。

「なにもせずに死んでしまうのであれば、手術に踏み切っても良かったのではないでしょうか」

「…………」

努めて感情を抑えつつ、一気に言う。

瀬戸山はすぐには答えない。

「……年に五人は、ああやって搬送が間に合わずに死ぬ」

新聞を静かに畳み、瀬戸山は立ち上がった。

「救える見込みが薄いのに、いたずらに手術をするのが正しいことだと思うか」

諭すように続ける。

「私はそうは思わない。島に来て島で暮らす。ここの住民は、この豊かな島で、都会とは違う時間の流れの中で、ゆっくりと過ごすことを選択しているんだ。都会のど真ん中のような医療は受けられないことを承知の上で、だよ」

――違う。

「それは、言い訳ではないでしょうか」

こんな失礼なことを言うべきでないのはわかっている。しかし、もう止まらない。

「いま、外科医の自分が来ていて、手術をすれば助かるかもしれない、そういう状況で、なにもせず看取ることは、僕は間違っていると思います」

両手を強く握り、続ける。

「では、先生はずっとおるかね、この島に」

「……それは……」

います、なんて言えない。外科医だと言ったって、自分はまだ発展途上だ。東京に戻り、修業を続けなければならない。

「いいんだ、誰も島で医者なんかやりたくない、とりわけ若い人はな。一年に五人、私はなにも手出しできず死なせてきた。三〇年で一五〇人だよ」

――そんなに……。

「前に、半年で東京に帰るつもりが、気づいたら三〇年以上経っていた、と言ったね」

あれは神仙島に来た最初の日だ。たしかに、自分の質問に瀬戸山はそう言っていた。

そしてその理由ははっきり言わなかった。

「来てすぐに、立て続けに二人の若い患者が亡くなった。一人は虫垂炎《アッペ》で、一人は怪我から感染して。当時は、いまよりはるかに搬送もしづらい体制でな。アッペを切れなかったら、タイミングを逸してしまい、穿孔して腹膜炎ですぐ死んだよ」

虫垂炎で死ぬのか。信じられない。抗生剤と手術を組み合わせれば、どんなに重症でも死ぬことはまずありえない疾患だ。

「それで、私は帰ってはいけないと思った。後継が見つからないこともあったが、この島の医療を少しでも良くして、搬送もできるようにして、なんとか死亡者を減らしてきたつもりだよ」

瀬戸山は目を細め、目尻の深い皺が一層深まる。

「やっと、アッペ程度では死なないようになった。重症者であっても、初期治療をして、大至急搬送をして、なんとか救命できるようになってきたんだ。それでも、この島では、これ以上の医療レベルは無理だ。限界なんだよ」

それだけ言うと、瀬戸山は白衣を脱いで自分のデスクに置いた。

「苦しいが、受け入れることも、医者としての一つの選択なんだよ。では、今日は先生が当番だったな。あとはよろしく」

「はい」

瀬戸山は、カバンを持って医局から出ていった。

――三〇年。

それがどれほどの長さなのか、隆治には実感することができない。しかし、瀬戸山にとっての三〇年は、彼の医者人生のほぼすべてである、ということはわかる。

彼が人生をかけて築いてきた医療体制。守ってきた島民の命。そして、諦めてきたいくつもの命。

隆治は、まるで他人の家に土足で踏み込んでしまったような心地がした。

迂闊に、あんなことを言ってはいけなかった。

しかし、本当にいけなかったのか。あんなに簡単に諦めなければならないのだろうか。いや、簡単に諦めたのではなく、三〇年の苦闘の結果の諦めなのだろうか。だから、たった半年でここを離れる自分は、口を出すべきではないのだろうか。

そのまま納得することはできない。だが、答えは出ない。

隆治は、沈みかける夕日の照らす医局で立ち尽くしていた。

＊

それからしばらくは、診療所と医師住宅を往復する日々が続いた。

朝起きて、清潔が保たれたわずかなスペースでシャワーを浴び、アンジェリーナ刈内商店で買っておいたロールパンを一個齧《かじ》る。パンを焼くようなことはしない。本当は牛乳か、飲むヨーグルトが飲みたいのだが、商店で買ったものを食べた食中毒患者を二人立て続けに見てからは、危険だと思ってペットボトルのお茶で我慢している。

普段、東京にいるときの朝食であるコンビニのサンドイッチが食べられないから、大きいほうのトイレに行くタイミングが少し変わった。それでも、日々の業務に手術がないのだから困ることはない。昔、一度サンドイッチを菓子パンに変えたら、午前の手術中に腹が動いてトイレに駆け込んだことがあった。それ以降、必ず朝六時半くらいにサンドイッチを食べることにしていたのだ。こういう決めごとを、なんでもモーニングルーティーンとか言うらしい。

朝のたった五分の白い軽自動車でのドライブは、隆治にとってなかなか楽しいものだった。鹿児島の大学時代はクルマ通学していたものの、仕事にクルマで行くのは初めてだ。家の前からすぐ右に出て、そこからまっすぐ走るのは対向二車線の細い道路だ。左手は大きな木で覆われているが、次第に海が見えてくると診療所の角である。そこを左折し、ちょっと海を見ながら下ると、診療所前の広い駐車場だ。短時間の道中で空の雲や波の高さ、そして夏に近づくにつれて育っていく沿道の植物を見るだけで、島に来ているのだな、と思う。

そういうとき、やはり思い出すのはキタハラのことだった。「おれ、無理すよね」と言った、あの若者らしからぬ絶望しきった目。だらりと落ちた腕。腹に鉛の塊を入れられたような心地は、青い海を見ても紛れることはない。

——牛ノ町病院に来ていたら、絶対に救えたんだ……。なのに……。

考えても詮ないことはわかっているが、悔しくて仕方ない。

それでも、駐車場の奥の職員スペースに車を寄せて、ぎい、とサイドブレーキを引き、車体にそぐわない大きなシフトレバーをがちゃがちゃとPの位置に動かすと、いまから仕事だ、頑張ろうという気になる。

診療はまだ慣れないことが多かったが、週に二回の透析日を除いてついてくれる志真と、その二日につく秀子のおかげで困ることは減っていった。なにより、困ったことはなんでも瀬戸山に尋ねれば解決してくれるのだ。

隆治は島における医療は、こういう超人的なスキルのある医師の超人的な献身によって成立しているのだ、と理解した。そして自分がこれまで学んできた領域が、医療という大海の中でいかに小さな島であるかを、痛烈に実感させられた。

＊

働き始めてから一カ月ほど経った日曜日、非番だった隆治は、朝大きな部屋の布団で目を覚まし、「島を探検してみよう」と思い立った。車はある。これで島のあちこちに行ってみるのはどうか。大きな窓から差し込む朝日は眩しく、天気は良いようだ。

一人で行くのは少し寂しい。一瞬、志真を誘ってみようかと思ったが、一緒に働いてまだ一カ月の新参者にドライブに誘われるのは、どうにも気の毒だ。彼女ならおそらく断らず、真面目な案内役となってくれるだろう。だがそんなことで嫌われても困る。まずは一人で行ってみよう。

先は長いのだ。

さっとシャワーを浴びてロールパンを一つ持ち、車に乗り込みエンジンをかける。スマートフォンで地図を見ると、診療所のある神仙村は、虎の顔でいう右の頬あたりにある。いつもの診療所に行く方向とは逆にこのまま南下し、顎、左の頬から左耳、右耳と一周してみよう。

地図によると、周回道路は海のすぐ近くをずっと走っているらしい。その途中途中に集落が合計三つある。

車を走らせるが、日曜日だからだろうか、なかなか対向車線から車が来ない。隆治はだんだんスピードを上げた。

いくつか民家が過ぎると、オレンジの看板の小さなガソリンスタンドがあった。それを越えると建物はなくなり、ところどころに畑や木が、山まで続く景色となった。

——神仙村は小さいのだな。

それから二〇分ほど走り、山道のようなところを越えるとまた建物がポツポツと見えてきた。

ここが地図で見た「大虎村」なのだろう。

信号が一つあり、「役所前」と書かれていた。左手には古い二階建ての建物がある。その隣には消防車もあった。

離島とはいえ、いろいろ揃っているのだ。

それから大小さまざまな民家が並んでいる。中には驚くほど豪華な家もある。周回道路の看板に、「↓神仙小学校」と書かれたものもあった。島には小学校もあるのだ。

もう少し行くと、三階建てほどの小さなホテルがあった。「海鳴《うみなり》ホテル」という看板に、青やピンクで魚や珊瑚《さんご》が描かれている。続いて「民宿　いつ子」と木の看板が目に入る。このあたりに宿泊施設が固まっているようだ。スーパーも二軒、見つかった。

結局、一時間もかからずに隆治は神仙島を一周した。

途中、初めて島に来たときに迎えに来てくれた志真の言った「この岬は、いろんな悲しい物語があるのです」という岬も通りかかった。小さいスペースに車を止めて立てられた看板を見る。春の強い風が吹いている。

東京都のマークとともに、史実が書かれていた。なんでも、江戸時代にここに流された男が、島の娘と結ばれた。だが男は許されて江戸へ戻ることになり、別れを儚《はかな》んで娘が身投げしたのだという。

隆治は、ほぼ視界のすべてを埋め尽くす青い海を見ながら、手を合わせた。

——どうぞ、安らかに。

手を合わせたのは久しぶりだ。そう思ってから、隆治は、この前手を合わせたときのことを思い出した。

葵の通夜だ。

友人で癌を患っていた葵が死んでから、一年が経った。通夜の帰り道に凜子と何度も献杯した、あの上野の居酒屋にはその後行けていない。もちろん、墓参りもだ。

思い出すことは、だんだん減ってきたように思う。前回思い出したのはいつだっただろう。

——ごめんな。

葵と出会い、深く付き合い、そして喪《うしな》った。

その過程で、なにか自分は学べたのだろうか。なにか成長できたのだろうか。

そんな自覚はぜんぜんない。むしろ、自分という存在の一部、三パーセントとか五パーセントを、まるでパンのはじっこをちぎるように失ったままの気がする。

——なんとか、できなかったのかな。

そもそも自分は彼女の主治医ではなかった。でも、病院を変えさせて自分が主治医として治療に当たることもできたのではないか。

もっとも、そんなことをしても、助けられたわけではない。癌は、それほど甘い病気ではない。

岬に立って見る海は、沈黙していた。


ドライブの最後、診療所の前を通りかかった。なんとなく顔を出したくなるが、やめておいた。自分はここでは外科医ではないのだ。

外科医であれば、病院に行けばいくらでも仕事はある。だが、居候の身分でもあり、主治医をしている入院患者がいないいまは、仕事はないだろう。

そう思いながらも後ろ髪は引かれる。そのまま医師住宅に戻った。


五月が終わり、六月になった。

まるで梅雨を忘れて夏が来たかのような暑い日だった。隆治は秀子、秀子の息子の保郎、志真と大虎村の「民宿　いつ子」の一階の居酒屋にいた。小上がりの座敷にテーブルが四つ、それにカウンターに一〇席くらいある。普段は宿泊客もここで食事を取るようだ。カウンターでは、隆治たちのほかに、いかにも釣り人といった風情の中年男性二人客が焼酎を飲んでいる。

秀子の声掛けで、隆治の歓迎会をもう一度やろうということになったのだ。勤務が終わってから、志真の車（緑色のトヨタのパッソだった）に秀子と保郎とともに乗り合わせ、島のほぼ反対側のここまで来たのである。

秀子が言うには、「どうせ志真は酒飲まないんだから、クルマ出しな」とのことだった。

「じゃ、雨野センセの来島を祝ってカンパーイ！」

グレーのノースリーブのワンピースに身を包んだ秀子が、汗をかいたビールジョッキを高く上げた。保郎はオレンジジュースをビールジョッキに入れてもらっている。隆治と秀子は生ビール、志真は炭酸水の入ったグラスを手にしている。

「二度目だしだいぶ時間経っちゃったけどね。やっぱりこういうのは、飲み屋でやんなきゃ」

「わざわざありがとうございます」

「いいのいいの、たまにこうでもしないと息抜きできないんだから、あたしが」

ちょこんと座った保郎は、秀子のスマートフォンでアンパンマンの動画を見ている。

「こうしとけばこの子、付き合ってくれるから。まだ六時半だし、今日はしっかり飲める！」

秀子は嬉しそうだ。

「お利口さんだもんね」

志真が笑いかけるが、保郎は集中して画面に見入っており、顔を上げない。

「ここ、居酒屋になってたんですね」

「そうなのよ。私もここ見つけたときは喜んだわよ。ねえ、いつ子さん」

「そうよ、秀子ちゃんが常連で来てくれるからこっちも助かってるわよ」

いつ子と呼ばれた女性は、カウンターの中で忙しそうに手を動かしていた。よく肥えた丸い顔に、さらに丸い頰が紅を差したように赤い。まるで保郎が見ているアンパンマンのようだ。

「ご飯、いつも通りおまかせでいい？」

「もちろんよ。いつ子さんの料理、最高なんだから。あ、唐揚げは食べたいな」

秀子は甘えた声を出した。

「わかったわ、すぐ出してあげる」

それからいつ子が並べた料理はたしかにどれも美味だった。刺身の盛りあわせ、鳥唐揚げ、ごぼうとあしたばのサラダ、自家製コロッケ、いかの塩辛、焼き鳥……。こんなに本格的な居酒屋メニューが食べられるとは思ってもいなかった。

特に刺身がうまい。さっきまで生きていたような新鮮さで、柔らかい。これまで食べたことのないほどのおいしさだ。そのことを言うと、

「そうなのよ。これ、昨日とか今日とかに釣ったやつを捌《さば》いてるんだって」

と秀子が嬉しそうに言う。

「こういうのが、島の醍醐味よねえ」

志真も嬉しそうだ。

しばらく飲んでいると、小柄な女性が入ってきた。宿泊客だろうか。

白いニットのワンピースにヒールのあるサンダルは、島の滞在にしては少し都会的な服装だ。

「でもさ、島の医療ってのはやっぱり厳しいものはあるわよ」

隆治たちのテーブルは先日のキタハラの話になっていた。

「透析だって、志真がいるからやってるようなものよね。なかなかこの規模の診療所では難しいんだから」

「そうですよね」

志真もそれには同意らしい。

「どうしても、脳梗塞とか心筋梗塞なんて間に合わない人が多いわよ。ああ、東京いたらなんとかなったかもな、なんて人もね」

「そうなんですか」

それではなぜ、島に住むのだろうか。素朴な疑問だが、いまここで口にすべきではないと隆治は思った。

「そうよ。台風が来たら薬だって輸血だって来なくなっちゃうんだから。それで血圧とか血糖のコントロールが悪くなる人、いるのよ。こっちは注意してるんだけど、どうしてもね」

秀子は五杯目のビールを飲み干した。スマホを見続けている保郎にいろいろ食べさせながら、自分でも食べて飲んでいる。

「すいませーん、いつ子さん、おかわり！」

「はいよ！　あら、先生のも同じでいい？」

「あ、はい」

隆治は二杯飲んだところでそろそろお酒は切り上げようと思っていたが、いつ子の勢いについ頼んでしまう。

そのとき、カウンターの女性が振り返った。

「あら、ごめんなさい。声が大きくて」

「いえ」

軽く頭を下げ、続けた。

「あの……病院の人たち、ですか？」

少し目の離れた、童顔の割に目元のメイクが派手めな女性が、ほんのりと頬を赤らめて言った。カウンターにはビールジョッキが見える。

「そうよ、病院じゃなくて診療所だけどね」

秀子が答える。

「もしよければ、こっちで一緒に飲みません？」

秀子が誘ったのに隆治は驚いたが、志真は当然と言った様子だった。こういうことは、秀子の性格からしてよくあるのだろうか、それとも島はそういう文化なのだろうか。

「えっ、いいんですか？」

「もちろん、こっちは酔っ払っちゃってるけど」

女性はやったあ、と言いながら、ビールジョッキを片手にこちらのテーブルに座った。あまり物怖じしない性格のようだ。

「すいません、皆さんで盛り上がってるところに。私、古田《ふるた》かなえと言います」

「あれ、どこかで?」

「もしかして……。市村さんの彼女さん?」

「はい」

「やだ、じゃあ診療所で私たち会ってるわね。なんかお見かけしたかなって思ってたのよ」

「そうですね、すいません気づかないで」

「まあ、いいじゃない。乾杯しましょうよ」

秀子がグラスを上げると、かなえがジョッキを合わせた。遅れて隆治と志真もグラスを当てる。

「でも、彼氏さんお気の毒ねえ。せっかく仕事のお休みをとって島に来たのに、すぐ入院だなんて」

「ええ。でも、皆さんのおかげで満喫しているみたいですよ。リハビリで外も歩けてますし」

秀子とかなえが話し、それを隆治と志真が聞く形で三人の酒はどんどん進んでいった。

隆治は酒を飲みながらかなえを見た。目鼻立ちがハッキリしており、その瞳は大きく深い黒色だ。長いまつ毛が瞳を引き立て、微笑むと目尻には微かな笑いジワが現れる。

三〇代後半といったところだろうか。薄めの唇は甘いピンク色のリップで彩られている。

「ちょっと聞いちゃってもいい？　市村さんとの出会いとか」

秀子は自分で尋ねておきながら、「きゃっ」とぶりっ子をする。

「ええ、そんな……。いいですよ、恥ずかしいけど」

かなえは耳のピアスを触った。左耳に揺れている細長い銀色のピアスには微細な波模様の彫刻が施されている。

「あの人、なんかね、居酒屋で話しかけてきたんです」

「ええー！　ナンパってこと？」

「うーん、ちょっと違うんですけど、私がよく行ってた銀座のコリドー街のお店だったんです」

コリドー街なら隆治も聞いたことがある。昔、はるかと付き合っていた頃に有楽町の映画館に一度だけ行った。そのとき、コリドー街という不思議な名前の通りにはるかが連れていってくれたのだ。ただ、なにを食べたか、どうしても思い出せない。

「なにそれー、コリドー街ってめっちゃチャラいじゃん。だって、私もよく行ってたよ、ナンパ待ちで」

「そんなところなんですか？」

隆治も食いつく。

「そうよ、あそこは女の子はナンパされに行くんだから。商社とか代理店とか、質のいいサラリーマンがいるのよ」

「そんなところとは知りませんでした」

隆治がはるかと行ったのは昼の時分だった。夜になると雰囲気が一変するのかもしれない。

志真は微笑んでいる。彼女も行ったことがあるんだろうか。

「もしかしてかなえさんって、東京生まれ？　なんかそんな雰囲気ある」

「違いますー、私実は、この近くの島の生まれなんですよ。面倒になるからここでは言ってないけど」

かなえは急に小声になると、後ろのカウンターを指さした。

「島が違うと、言わなきゃバレないもんなので」

「三宅島ですか？」

志真が尋ねる。

「いいえ、三宅じゃないんですけど、その近くに小さい島があるんです。鬼ヶ島っていうんですが」

「あ、聞いたことある。名前が目立つし、なんかすごい綺麗な珊瑚のビーチがある島だよね」

「ええ」

かなえはビールを一口飲んだ。

「そうだったんだ。それで、東京のオトコに引っかかったと」

秀子が言いながらつられて焼酎のロックをあおる。

「そんなんじゃないです。でも、彼は、市村は」

かなえは、またピアスを触ると照れくさそうに続ける。

「すごくスマートで、なんか美味しいお店とか、パチ屋の出やすいところとか、なんでも知ってる人で。それで、当時私は付き合っている彼氏がいたんですけど、猛烈に押されて付き合っちゃいました。付き合ってからまだ一年だけど、とっても優しくて、この島にも連れてきてくれたんですよ。私、フリーターやってたんですけど、一緒に来るんなら、一カ月分の宿代と生活費出してあげるって言ってくれたんで」

「へえー。ねえ、かなえさんってなんのバイトしてたの?」

秀子の疑問は隆治も思っていたことだ。休みを取ってきたのだろうか、それとも無職なのだろうか?

「私？　セクシー焼肉屋でした」

「セクシー焼肉屋？」

「ええ、ちょっと色っぽい服装で焼肉屋の店員やるだけなんですけど。新宿にあって」

「へえ、そんなお仕事あるのねえ」

「しょうもないですよ。オジサンばっかり来るし、スカートが短すぎて太ももとかヤケドするし。だからやめてこっち来ちゃいました」

そんな店、想像もつかない。かなえのイメージがあまり良くないほうに更新されていく。

「それはそうと」

かなえは隆治のほうを向いた。

「お医者さん、ですよね？」

「はい、雨野です」

慌てていまさらながら頭を下げる。

「お医者さんとこんなふうに話すの初めてで、なんか緊張しちゃう」

秀子が笑った。

「あ、大丈夫よ、この先生はそんなんじゃないから。怒ったりしないし、若いのに懐が深いんだから。ね」

志真は同意するといったふうに、わずかに頷いた。

そう思われているなんて意外だった。なんだか照れくさい。

「そうなんだ。ねえ、結婚してるんですか？」

「いえ、独身です。彼女もいません」

「そうよ、真面目なんだから」

秀子が茶々を入れる。

「あの、男の人に聞きたかったんですけど……」

そう言うとまたピアスを触る。

「結婚って、どういうタイミングでするんですか？」

「えっそんないきなり聞かれても、うーん、僕まだ結婚していないし、結婚するつもりもいまのところないんです。仕事が忙しくて」

酒のせいか、つい正直に答えてしまう。

「さては、かなえさん、市村さんと結婚したいんだ」

「やだ、やめてよもう！」

かなえは照れて秀子の肩を叩いているが、嬉しそうだ。

「でもね、ちょっと思ってたの。なんかね、まだ付き合って一年だけど、この旅行でそんなふうになったら嬉しいなって」

「いいじゃないー！　素敵素敵！」

秀子が手を叩く。

「意外だと思うけど、わたしけっこう一途なんです。セクシー焼肉屋やめたのだって、じつは彼が嫌がったからだし」

正直意外だったが、余計なことは言わない。女子たちは完全に盛り上がっている。

「あら、真面目なところもあるんじゃない」

「やだ、秀子さんったらー！　それでね」

かなえはもう、完全に幸せな女の顔になっている。

「やっぱりいつかは島で暮らしたいな。子供を作って、虫を捕ったり魚を釣ったりして、のびのび暮らすの」

「そう」

「うん、子育ては島でしたいなって。いいことばかりじゃないけど、やっぱり島って楽しいのよ、子供には」

「わかるわ」

秀子が深く頷いた。なんといっても秀子は子育てのために島に移住したのだ。

「やっぱり鬼ヶ島に戻るの？」

「ううん、鬼ヶ島はダメ」

そのとき一瞬、かなえの表情が曇ったような気がした。が、すぐににっこり笑って続けた。

「ほら、地元の島だと元カレとかばれちゃうじゃない。だから、誰も知らない二人だけの島に行って、そこで毎朝おはようってキスをして暮らすの」

「キャー！　やだー！」

完全に盛り上がっている。志真も嬉しそうだ。

隆治は置き去りにされたような形だったが、ほろ酔いがなんとも心地いい。女性が幸せそうに話しているのは、いいものだ。

東京からはるか遠くの小さい島で、よそ者の自分が、こんなに温かい宴席にいる。島というところは、なにか人の警戒心を解除する特別な装置が備わっているのかもしれない。そんなことを考えながら、ぼんやりビールを飲み続ける。

しばらくすると、

「なになに、おばさんも交ぜてよ」

と、カウンターの中で洗い物をしていたいつ子が、ビールグラスを片手に出てきた。

それから五人は遅くまで語り合った。

＊

七月も半ばになった日曜日、隆治は志真と共に、診療所からほど近い役場の隣の神社にいた。この日は島の夏祭りで、「ウチの子と遊んでよ」と秀子に声をかけられ、来てみたら志真もいたのだ。秀子の策略めいたものを感じないわけではなかったが、それでも隆治は嬉しかった。

連日続く外来や二日に一度のオンコールで気を張り続ける生活だったので、いい気分転換になるし、なにより、この島の文化を肌で感じることができる。今日は瀬戸山がオンコール当番なので、気兼ねなくのんびりすることができる。

年に一度の祭りは全島から人が集まるらしい。何キロか離れた集落からも人が来ている上に、島から出た人々もこの祭りに合わせて来島するそうで、大変な人出だった。

神社の前の、幼稚園の園庭を少し広くしたほどの広場をぐるりと取り囲むように、色とりどりの屋台が並び、中央には小さな櫓《やぐら》が設えてある。祭りのために設置したのだろう、大きな拡声器のようなスピーカーが四方の木にくくりつけられ、流れているのは録音されたお囃子《はやし》の笛だった。

「どうしましょうか」

まるで外来患者の対応を尋ねるかのように志真が言う。外来と違うことと言ったら、それは志真が浴衣姿であることだ。藍色、というより黒に近い落ち着いた色に、手のひらほどの花がいくつか描かれており、合わせているのは淡いピンクの帯だ。髪には紫の玉かんざしが見え隠れしている。決して濃くはないが、いつもより化粧もきちんとしているようだ。

それに引き換え自分は、膝の抜けそうな濃い色のジーンズに白いTシャツといういでたちだった。胸に小さいワンポイントのあやめの刺繡がある以外は、どうということはないTシャツだ。

――仕方ないよな、いま島暮らしだし。

そうは思うものの、東京の一人暮らしの部屋に戻ったところでロクな服がない。

秀子は意味深な目配せをして、子供を連れてさっさといなくなってしまった。付き合う前の中学生カップルのような、そんな状況が妙に照れくさい。それは志真も同じようで、口数は少なかった。

このような狭い島の祭りだ。患者に会わないはずがない。診療所に短期間来ている医師と看護師が二人でいるのを見られたら、よからぬ噂が立っても不思議ではない。とはいえ、自分はまだ、誰が患者なのかも見分けられない。

「ビール、お飲みになりますか」

まるでこの患者の痛み止めは三日分でいいですか、とでも言うような口調である。

「えっ……いいんでしょうか」

「まあ、今日は瀬戸山先生が診療所にいらっしゃいますし、入院患者もいませんから」

唯一の入院患者だった市村は、一カ月前に退院していた。

「それはそうなんですが、ほら、誰かに見られたら」

二つの意味を込めて言ったつもりが、志真には伝わらなかった。

「お休みの日のドクターがビールを手にしていても、なにも言いませんよ」

まるで医師のお祭り視察に帯同するのも診療所看護師の仕事ですから、と続きそうだった。意識しているのが自分だけのようで恥ずかしい。

「はいよ、先生」

出店で、プラスチック製の大きなコップになみなみと注がれたビールを受け取る。渡した若い男に見覚えのある気がした。白い泡が溢《こぼ》れそうになり思わず口をつける。

「志真さんは、飲みませんよね？」

「ええ、やめておきます。その代わり、なにか食べるものを買ってきますね」

「あ、ありがとうございます」

看護師という人種は、いつも人の世話を焼くようにできているらしい。

広場の端にあるコンクリートの段差に腰掛け、コップに口をつける。ぬるくなってきたのは広場の人出の熱気のせいか、茜《あかね》色さす空のせいだろうか。

いつの間にか、ずいぶん人が増えている。三〇〇人、いやそれ以上はいるだろうか。たしか島民は一五〇〇人くらいと聞いていたから、かなりの人出だ。徐々に動き回る隙間がなくなってきている。

こうして見ていると、老若男女さまざまな人がいる。小学校に上がる前だろうか、甚兵衛を着せられた少年たちに、大声で注意を叫ぶ母親たち。杖をつく老年の男性と、つきそう老婆。タオルを頭に巻いて屋台で焼き鳥を焼く中年の男。その屋台の前で呼び込みをする、金髪の女たち。酒を片手に下卑た笑い声を上げる、自分と同世代くらいの五、六人の男たち。

これがこの島のだいたいの人口構成なのだろうか。見失った志真は大丈夫だろうか、とも思うが、もともと島民の彼女だ。自分なんかが心配するまでもない。ビールをもう一度あおる。すっかり温くなっていて、苦味だけが口に残る。

すると、遠くからこちらに向かって歩いてくる警官姿の大男が視界に入った。駐在のヤマアラシだ。祭りでも警察の制服を着ているということは、警備にあたっているのだろうか。

「雨野先生、お疲れ様です」

大袈裟に敬礼をするその顔は少し赤らんでいる。一杯飲んでいるのだろうか？

「お疲れ様です」

「島の祭りは、なかなかどうして賑やかなもんでしょう」

「ええ。今日もお仕事ですか？」

「これといって見せ場はあまりないんですがね、たまに妙な連中が来て騒ぎを起こすので巡回しておるのです。なにかありましたらご協力願います」

「わかりました」

「事件などないと思いますが、なにせ祭りの夜というのは刑事モノでは定番ですので」

「え？」

この警察官はやはりどこか妙だ。

「では、失敬」

こちらの返事も待たずに慌ただしく去っていく。

「お待たせしました」

ビニール袋を手にした志真が横から声をかけてきたので驚いた。ヤマアラシのせいでまったく気づかなかったのだ。すぐに立ち上がる。

「先生のお好みがわからなかったので、焼きそばと焼き鳥、買ってきました」

「ありがとうございます。いくらでした？」

「一〇〇〇円でした」

「ビール代もあったな。あわせてこれで」

ポケットから小さい財布を取り出すと、二〇〇〇円を渡した。わずかに触れる志真の手が冷たい。寒いのだろうか。

「これはいただきすぎです。お釣りがないので、あとで返しますね。焼き鳥、召し上がりますか？」

「はい、ありがとうございます」

志真が渡してくれた焼き鳥の串に食いつく。こってりと脂の強いカワがいかにもお祭りらしい。

「どこか、座りましょうか」

「でも、志真さん浴衣が汚れてしまいますよ」

「いいんです、汚れが目立たない柄ですから。それに、もうあまり着ないので」

とはいえベンチにはすでに家族連れが座っており、ほかに座れそうなところはない。結局同じところに座るしかなかった。

「先生は、お祭りなど行かれるのですか」

「いえ、あんまり行きませんね。夏は病院ばっかりで……。あ、冬もですけど」

ははは、と笑うと志真がつられて微笑んだ。

「外科、お忙しいんでしょうね」

「ええ、まあ」

志真は東京にいたとき外科病棟の勤務ではなかったのだろうか。

「そういえば、志真さんも東京にいらしたんですよね。なんの病棟だったのですか？」

「わたしは、外科と、ＩＣＵと、あとオペ室にちょっと……」

これで合点がいった。先日のキタハラの急変の対応があまりに手慣れていたのは、そういうバックグラウンドがあったからなのだ。

「でも、体調が不安定だったので……。あ、先生、ビールもう一つ買ってきましょうか」

手元のコップが残りわずかになっていた。

暮れなずんできたというのに気温はあまり下がらない。こんな蒸し暑い中で飲む、冷えたビールは最高だろう。しかし、島にいる医者は自分と瀬戸山だけだ。あまり酔っ払ってしまってなにかが起きても困る。今宵は特別な夜、祭りの夜なのだから、けが人が発生しないとも限らないのだ。それに、先ほどの一杯でまあまあ酔っている。

「いえ、飲みたいけど我慢します」

そう笑うと、志真も笑顔を見せた。

「先生は真面目なんですね」

真面目と言われるとそうかもしれないが、どちらかと言えば臆病なだけである。判断能力が鈍っているときに、なにか大物が来るのが怖いだけなのだ。

ふと、相手の領域に一歩踏み込みたくなるのは、自分が志真に興味を抱いているからに違いない。

「婚約、されてたんですか」

「えっ」

やはり急すぎただろうか。

「すいません」

「いえ」

沈黙が流れる。下手なことを言わなければよかった。

するとすぐ目の前に二歳くらいの男の子が来て、目が合うとにっと笑った。思わずこちらも笑顔になってしまう。

「かわいいですね」

「ええ」

「子供、好きなんですか？」

「ええ」

志真はそれだけ言うとまた黙ってしまった。ぼんやりと虚空を見ているようだ。やはり先ほどの質問は迂闊だったか。

ビールをもう一杯買ってこようか。手持ち無沙汰にプラスチックの空のコップを凹ませたり直したりして、いつの間にかぼろぼろだ。

「妊娠、してたんです」

「えっ？」

いきなりの志真の言葉、聞き違いかと思う。

「……前に付き合っていたとき。でも、病気の治療のせいで中絶しなければならなくなって」

志真は視線を隆治に向けて続けた。

「前の彼、外科医だったんです。医者ですから、私の病気のことも理解してくれていたのですが、妊娠と中絶をきっかけにして向こうの親御さんが大反対をなさって」

「そうですか」

我ながら変な合いの手だが、ほかにどう言えば良いかわからない。

「あるとき、埼玉の彼の実家にお邪魔したんです」

続きを聞きたくない。

「大きな透析病院の家でした。代々医者の続いたお家でしたから、跡継ぎが産めないのは困る、と言われました。おまけに、息子は看護師とは結婚させられない、と」

なんということだ。代々医者をやっている家では、看護師との結婚を禁ずる人がいる。そういう話を耳にしたことはあった。どういう職業差別なのか、同業者だからなのか、とにかく看護師はダメなのだと。

「それは、なんというか」

沈黙が気まずいから見切り発車で言葉を出したが、なにを言えばいいのかさっぱりわからない。御愁傷様でしたね、いや違う。お気の毒でした、くらいだろうか。

「すいません、私、こんなこと。不思議です」

「不思議？」

「はい。雨野先生とはまだお会いして少しなのに、ずっと昔から知っていたような。なにか、懐かしいというか。それでつい、たくさんお話をしてしまいました」

話の向きを変えてくれたのは、返答に詰まった自分への優しさだろう。そんなふうに思ってくれるなら、もっと話せばいい。いくらでも、誰にも言えないことをなんでも俺に話してしまえばいい。

「こんな話、秀子さんしか知らないのに」

「そうですか」

志真の元彼のエピソードに、なにかしらコメントか感想めいたものを言うべきだろうか。でも、志真はそんなものを求めているのだろうか。

昔から自分には、された相談は黙って聞く、余計なアドバイスはしない、というスタイルが身についている。誰から教わったわけでもないが、自分ならそうしてもらいたいからだ。

しばらく黙っていた。志真もなにも言わない。重いはずの沈黙は、お囃子の笛と話し声のおかげで、むしろ自然なもののような気がした。

「それでは、これから、狐踊りを始めます」

不慣れな口調で、男性のアナウンスが響く。

「先生、これ、神仙の名物なんです。狐踊り」

「キツネ？」

「はい、狐です」

広場の真ん中に設けられた櫓の周りにわらわらと子供たちが出てきた。全身白タイツに白のほおかむりをかぶり、おしろいで真っ白にした顔に紅で狐のヒゲのようなものを描き、手には飾りのついた色とりどりの紙傘を持っている。二〇人くらいはいるだろうか。

櫓の上に立つ、マイクを持った男性が民謡のようなものを歌い始め、合いの手を子供と女性が入れていく。

ヨッコラ　ヨッコラサ
ヨイヨイ　ヨッコラサ
威勢の良い金髪の女性が櫓の上で太鼓を叩いている。

ぐるりと櫓を囲むように一列に並んだ子供たちが、一斉に踊り始めた。左手に持つ傘を上下させ、前に行っては後ろに戻るステップを踏んでいく。

「かわいいですね」

「はい。これが見たくて来島する方もおられます」

すっかり暗くなった空を、橙色の明かりの灯された提灯が照らしている。白装束の子供たちがゆらゆらと踊り続ける。

まるでこの世のものではないようだ。自分の体から高揚した心だけが切り離されていくような、そんな感覚がある。一定のリズムを刻み続ける太鼓のせいだろうか。

気づかれぬよう、そっと志真の横顔を見る。オレンジの明かりに照らされた志真の顔は、どこか異国情緒を感じさせる。そうだ、スペイン人のようだ。スペインに行ったことなどないのに、なぜかそう感じる。

いつまでもこの横顔を見ていたい。

祭りの夜は静かに更けていった。

＊

スマートフォンが鳴ったのは、その日の夜中のことだった。3：12と表示されている。見たことのない携帯電話の番号だ。診療所だろうか。

「もしもし」

「雨野先生、夜中に大変申し訳ありません。わたくし、駐在のヤマアラシでございます」

この時間に駐在からの電話。一気に目が覚めていく。五秒ほどで意識は平常レベルまで戻るのが感じられる。

「どうしました？」

「実は、先生にお願いがございまして。検視なのですが」

「ケンシ？」

すぐに単語の意味がわからない。手術中に使う絹糸、なはずがない。

「はい、実は先ほど通報がありまして、祭りのあったお宮さんの近くで死体が発見されたのです」

「死体！」

どういうことだ。人間の形をした物体が死体であると判断するためには、医者の診察が必要なのではないか。瀬戸山が診療所にいるはずだが、どうなっているのだろうか。

「死体です。ホトケです」

ヤマアラシの声は少し震えているようだ。

「人が倒れていましたので、救急車で診療所に運びまして、瀬戸山先生が死亡確認をされました。いま、死体検案を瀬戸山先生と一緒にしております。まだ身元不明なのです

が、瀬戸山先生が雨野先生にも連絡してくださいとおっしゃいますので
「すぐに行きます」
こういうとき、電話で四の五の言っていても仕方がない。まず登院するのだ。外科医であればこんな感覚は体に染み込んでいる。

診療所に着くと、入り口にはライトが灯されていた。一階のどこかにも明かりがついているようだ。

慌てて靴を脱ぎ、スリッパは履かずにそのまま入る。処置室から明かりが漏れている。

処置室の扉を開けると、瀬戸山とヤマアラシが立っていた。真ん中のストレッチャーには白いバスタオルがかけられた人が横たわっている。他に看護師はいない。

「おお、すまないね」

「いえ」

白いシャツに白衣を羽織った瀬戸山は、夜中のこの事態だというのに昼の診療中とまるで変わらない雰囲気である。

「夜分遅くに申し訳ありません！」

ヤマアラシが頭を下げる。大きな事件が起きたので、興奮しているのかもしれない。

「話はヤマアラシ君に聞いたね」

「ええ、一応は」

「いきさつをお話しします」

ヤマアラシはもったいぶって話し始めた。

「昨日、先生とお祭りで会ったあと、しばらく私は巡回しておりました。……まあ、ちょっとビールなんかひっかけながらですが、どうしても付き合いがあるもんですから、断りきれず」

笑うと細い目がさらに細くなってなくなりそうだ。

「祭りは一〇時過ぎにはお開きになりました。片付けはまた明日からやることになりますので、参加した島民はみな自宅に帰って行きました」

自分が家に着いたのもたしか一〇時半くらいだった。そう、終わるまで結局、志真と二人でいたのだった。

「沿道の警備なんかをしながら、私が駐在所に戻ったのが一二時頃。妻と一杯やっていて、電話が来たのが一時すぎになります」

となるといまから二時間ほど前か。

「お宮さんの脇の竹藪の中で人が倒れていると、島の若い男から通報があったのです」

「なんでまた、そんなところにその人は?」

「いや、ほら先生、祭りのあとで、そいつは女の子とチョイチョイしようと思ったみたいなんです。まあ、祭りですから。島にはラブホテルもありませんし、そういうことはよくあるんです」

肉まんのような顔がにっと笑う。竹藪で、若い男女が。お尻とかに竹が刺さりそうなもんだが。

「そのカップルが見つけたのです。それで救急車を出して現場に急行して、息があるかわからなかったので、こちらに運び込んだのです。瀬戸山先生に先ほど死亡診断をしていただきました。着衣に乱れはなく、所持品も奪われていないようです」

ちらと白いバスタオルを見る。

「いま瀬戸山先生には検案していただきました。先生にもぜひ、ということで」

ぜひ、とはどういう意味なのか。俺の経験のためなのか、それともダブルチェックという意味合いなのか。警察官には自分への教育などという視点はないだろうが、瀬戸山が考えている可能性は十分にある。それでも、診たくはない。

「そういうことです。ぜひお願いします」

瀬戸山は有無を言わさずバスタオルを剝いだ。せめてここに志真でもいてくれれば。

全裸の遺体は、小柄な女性のものだった。顔にはハンカチのような白い布がかけられている。

ざっと全身を見たところ傷一つない。仕方なく近づいて観察する。小ぶりの乳房に、控えめな乳首が乗っている。体は白く変色しているが、死斑のような紫色のアザはなさそうだ。きっと背中にあるのだろう。小柄な割には遠慮なく生えた陰毛が黒々と目立つ。右腕の内側に、五〇〇円玉より少し大きいサイズの火傷《やけど》の痕がある。

――Ⅱ度浅層の熱傷か……。浅い。

まだ新しいが、なにかこぼしたのだろうか。膿《うみ》のような所見はなく、少なくともこれが死因ということは考えられない。

「腕の熱傷以外には目立った外傷は、なさそうですね」

外傷はなさそう？　言いながら違和感を覚える。竹藪で倒れていたというのに、なにも傷がないとはどういうことだろう。

「そう、おかしいのだ」

瀬戸山がヤマアラシに目を向けた。

「先生、さすがです。おかしいのです、こんなに綺麗なホトケは。まるで、死んでから竹藪にそっと置かれたような、そんな気がしませんか？」

たしかにそうだ。目を向けたくはないが、ちらと顔を見る。少し化粧の崩れた様子ではあるが、比較的整っているように思えた。目鼻立ちのくっきりした、世間では美人と言われる部類に入るだろう。素人でも、事件性という単語がすぐに思い浮かぶ。

あれ、どこかで見たような……。

「まさか！」

大きい声が出る。

「これ、かなえさんじゃないですか！」

「え？」

ヤマアラシが怪訝《けげん》な顔をこちらに向ける。

「市村さんの彼女さんですよ！　一度僕、飲んだことがあって、あの」

これでは自分も被疑者になってしまう。

「こないだ退院したあとに再入院になった、骨折と糖尿病の患者さんです」

市村は骨折の経過は順調だったが、骨折したときの傷がまた感染を起こしていた。持病の糖尿病が良くないせいだろうということで、インスリンの調整をするために、先週また入院になっていたのだった。仕事は続けて休んでいるようだ。

「一度、診療所の看護師さんたちと民宿の下の居酒屋に行ったとき、たまたまいて同席したんです」

　声が震える。

「でも、なんてことだ……」

　かなえの顔は汚れもせず、むくんでもいなかったが、明らかに生者の持つ生気が完全に抜け落ちていた。

「かなえさん……」

　信じられない。つい先日、あんなに楽しく飲んだばかりではないか。

　あのときついていたピアスはなく、代わりに小さなくぼみが一つある。

「そうだとしたらこれは大変なことだ」

　瀬戸山が深くため息をついた。

「そのときは志真さんも、秀子さんも一緒でした、間違いないと思います……。しかし……こんなことが……」

　なんということだ。

　とにかく、自分はなにをすればよいのか。死亡はすでに確認されているいま、医者の自分にやれることは……。

「本来なら一刻も早くやるべきなのですが、夜中ですから、正式な身元確認は朝が来たらすぐ行います。親元の電話番号も調べましたが、民宿でもわからず、持ち物からは判明しませんでした。いまは死因を考えなければなりません」

「……はい。死因は、なんでしょうか？」

「それを先生にも診ていただきたく、こんな時間にお呼びしてしまいました」

それはわかるが、瀬戸山の見解が知りたい。

「瀬戸山先生、いかがですか」

「ここにＡｉがある」

解説するかわりに瀬戸山はＰＣを指さした。すでに画像が表示されている。

「Ａｉというと、オートプシー・イメージングのことですか」

「そうだ。死体の単純ＣＴを撮っただけだがな」

オートプシー・イメージングは、以前、医師向けの情報サイトで見たことがあった。

「死亡時画像診断」と訳され、死因を究明するために、遺体にＣＴやＭＲＩ検査を行うことだ。とはいえ本物を見るのは初めてだ。島でこんなことをやっているとは、正直言って意外だった。

さっそくマウスを操り、文字通り、頭からつま先まで画像を見ていく。

これが、事切れたかなえのＣＴ画像なのだ。

——ダメだ。集中しろ。

小さく一度、深呼吸をすると、まず頭の中から見る。

脳出血は、ない。肺が潰れているような所見もない。心臓も特におかしいところはなさそうだ。お腹も、手足も特になにもない。

異物が、例えばナイフが刺さっているとか、変なものが体内にあるとか、そういう所見はなかった。

黒と白、そしてグレーだけからなる画像を見ていくと、次第に自分の動揺がおさまるのがわかる。

「……ぱっと見は、はっきりした原因がなさそうですね」

造影CTではないから、ド派手に脳出血しているとか、体内に金属があるとかでもない限りは、よくわからないだろう。

「私もそう読んだ」

瀬戸山がそう言うと、急に大きな責任を感じる。

「あ、いえ、でも僕初めて見るので、Aiは」

言い訳がましい自分が嫌になる。ヤマアラシは内心馬鹿にしているのではないか。

「いや、でもなにもないよな。健康な三〇代の女性にしか見えない。いや、健康だった、か」

瀬戸山は禿げ頭を左手で撫でて続けた。

「となると、内因死ということか」

内因死。

またしても聞き慣れない単語が出てきた。事故などによる怪我以外のすべての原因、ということだろうか。

「そうなると、どうすればいいんでしょうか？」

「異状死だから、警察に届け出をしないといけないな」

瀬戸山はヤマアラシに目をやった。

「はい、本部のほうに連絡し、判断を仰ぎたいと思います。なにぶん、初めてのケースでして……」

「ま、ヘリ搬送して解剖でしょうな」

ヘリコプターで遺体を運ぶというのか。

「そうだろうな。遺体はひとまずここに安置しておき、明日の朝にまた考えよう。私は泊まっているから、いったん解散ということで」

瀬戸山がそう締めくくった。なにもかも腑に落ちない。ヤマアラシも困った表情だった。

Part 4　緊急手術

朝、目が覚めると、嫌なぬめりが体にまとわりついているようだった。背中を起こそうにも、上半身の上に乗る空気がどっしりと重い。

明け方に帰宅し、着替えもせずにそのまま布団に倒れ込んでしまった。吸い込まれるように寝落ちしたと思う。

窓が揺れる大きな音が聞こえる。布団を敷いている大きな和室から縁側のほうへ行くと、庭の草木が大きくなびいている。雨も少し降っているようだ。

重い空気は疲れや昨夜の死体のせいではなく、低い気圧によるものなのかもしれない。嵐でも来ているかのようだ。

簡単に顔を洗い、アンジェリーナ刈内商店で買ったロールパンだけ口にすると、診療所に急いだ。

ごう、という時折強い風に軽自動車が煽られる。分厚い雲の下の診療所はなにやらものものしい雰囲気だった。

七時半を少し過ぎたあたりであるが、駐車場には見慣れぬ車が二台止まっている。

正面玄関から入ると、奥から男の泣き声が聞こえてきた。急患だとしたら自分が呼ばれてもおかしくないが、夜中のコールはなかった。声は処置室からだ。

急いで処置室の扉を開けると、大声を上げているのは、再入院していた市村だった。一歩下がった傍には瀬戸山と志真が立っている。朝早く呼び出されたからだろうか、志真の髪はわずかに乱れている。

「ちくしょう、なんでこんな目に。ふざけんな」

車椅子に乗った市村は、白いシーツに包まれた遺体に覆い被さるように泣いている。

「かなえ！　かなえ！　起きろ！」

「いま、民宿のおかみを呼んでいるからな」

瀬戸山が声をかけている。

志真を見やると、こちらへ、という顔をする。裏動線から診察室のほうへ行くのについていった。

「やっぱり間違いなかったんですね」

待ちきれず尋ねる。

「ええ。ご遺体、かなえさんでした」

そうだ。間違うはずはない。あの晩、あれほどたくさん一緒に話したのだ。

志真も呆然といった表情だった。

「瀬戸山先生……」

「ああ、やはりそうだったな。いったいなにがあったのか……」

オペ着姿の瀬戸山は、両手を腰に置いて困惑した表情を浮かべた。当直室からそのまま処置室に来たのだろう。髪がない頭頂部を取り囲む白髪が、乱れてあちこちに向いている。

すると処置室に音もなく入ってきた大男がいた。

ヤマアラシだ。

「先生方、ちょっとよろしいですか」

小声で耳打ちすると、診察室へ、と手招きした。裏動線を通り診察室1へ入ると、ヤマアラシはあたりをうかがった。誰もいないことを確認して、小声で話し出した。

「この度は、とんでもないことで、先生方には大変ご迷惑をおかけいたします」

「いえいえ」

瀬戸山は冷静だ。

「差し当たり、先生方にお伝えせねばなりませんで……。というのも、ホトケの身元をいま確認しているところなのですが、入院中の市村さんの恋人ということで、なんと言いますか」

「えっ！」

言いにくそうに目を細めた。

「殺人事件《コロシ》の線も十分あるのでは、と」

思わず大きな声を出してしまうと、ヤマアラシが手で制した。

「それで、被疑者として市村が自然と上がってきております。いずれ本部から応援が来ます。先生方には、大変申し訳ありませんが捜査にご協力いただけますと」

「でも、彼はずっと入院してるじゃないか。なにを言っておるのだ」

苛立《いらだ》たしげに瀬戸山が答える。

「いや、まあ、そう言われればそうなのですが」

どういうことだろうか。

「昨夜、市村がどこにいたかご存じの方はいますか？」

ヤマアラシはいっぱしの刑事のような表情で尋ねた。

「どこって……入院してるんだからそりゃ病室じゃないですか。看護師さんに聞けばわかりますよ」

隆治はムキになって答えた。

「目を盗んで、診療所を抜け出す、なんてことは可能でしょうか？」

「それは……どうだろう。まあできなくもない芸当だが、いかんせん骨折患者だからな」

瀬戸山も困った様子で、左手で禿頭を撫でている。

いくらなんでも無理筋の推理だ。第一、外傷がなく、死因もわからないではないか。

「とにかく、今日の業務が始まるからいったん医局に戻るよ」

瀬戸山が診察室から出ようとすると、

「先生、それでは医局で少しお話を伺わせていただけますと」

とヤマアラシが食い下がった。

瀬戸山は渋々、といった表情で部屋を出た。ついてこい、とヤマアラシに言っているのだろう。

自分はどうすべきか。

処置室には志真と市村、そして遺体になってしまったかなえがいる。

一瞬、警察に連絡しなければという考えがよぎったが、ヤマアラシがその警察だ。応援が来るようなことを言っていた。ちゃんとした刑事かなにかに捜査してもらえるのだろうか。

迷ったが瀬戸山についていくことにした。医局に入ると、窓の外に見える海は暗く、白いしぶきを荒々しく上げていた。よほど風が強いのだろう。

初めて目にする荒々しい海の様子に見入っていると、ソファにヤマアラシと向かい合って座った瀬戸山が言った。

「やはり大時化《おおしけ》だな。台風は明日にも直撃らしいからな」

瀬戸山が呟《つぶや》いた。

「台風？」

「先生はニュースを見とらんか。かなりの大型だ。島ではいろいろ影響があるから、気象情報は命綱なのだよ」

まったく知らなかった。家のキッチンに小さいテレビはあったが、一、二回試しにつけただけで見ていない。普段はスマートフォンでニュースをチェックするが、島に来てからは、それもあまり見ていないことに気がついた。

台風なんかどうでもいいという様子で、ヤマアラシがせっついて話し出す。

「それで、先生。話を戻しますが、先生はぐっすり当直室で眠っておられたということで。で、夜勤の看護師さんにお話を伺いたく、こちらに来てもらえますでしょうか？」

「ああ、あとで来てもらおうか」

どうやら取り調べが始まっているようだ。

少しして医局に入ってきたのは、夜勤明けでやや疲れた様子の秀子だった。

しわのついたナース服のズボンに、たったいま無理やり後ろで一つにまとめた、というような髪からすると、先ほどまで横になっていたのだろうか。

「おっ、アメちゃん先生おっつかれ」

それでも笑顔で手を振る秀子に、ヤマアラシは座る暇《いとま》も与えず、矢継ぎ早に昨夜のことを尋ねた。

「ええ、私が夜勤でしたけど。……一晩中ずっと病室にいたんじゃない？　そんな、物音なんてしなかったわよ」

「そうでしたか」

「あ！　ちょっと待って、でも祭りの音が聞こえてきて、ガタンとかなんか大きな音がしたような気がする」

「なんと！　詳しくお伺いできますか！」

興奮したヤマアラシは、秀子に詰め寄った。

「近いよ。冗談よ、冗談。そんなことあるはずないでしょう」

からかう秀子に、ヤマアラシは呆気にとられている。

「あの、捜査なので、真剣に答えてもらえませんでしょうか」

「ごめんごめん。なんにもなかったわよ」

秀子はそう言うと、夜勤の看護師が深夜にどう動いているかを説明した。

「ということはつまり、市村が診療所を出た形跡はないが、巡回の合間の一時間であれば出ていてもおかしくはない、ということでよろしいですか」

「まあ、そうね。それ以上答えようがないわよ」

なんの手がかりにもならない、といった顔のヤマアラシは小さくため息をつく。

それはそうだ、看護師を疑ってどうするのだ。

「この嵐では応援もすぐには来られません。どうか先生方、なにかお気づきのことがあったらすぐにこのヤマアラシまでご連絡を。ご遺体はあとで引き取りますので、しばらく診療所に安置しておいていただけますか」

「承知した」

秀子とヤマアラシが医局から出ていった。瀬戸山は黙っているので、妙な沈黙になってしまった。耐えきれずに隆治が口火を切る。

「どういうことでしょうか。市村さんが、こっそり抜け出して、恋人を殺すなんてこと、できますでしょうかね」

「さあ、どうだろうな。骨折のほうはだいぶいいので歩けなくはないだろうが、いかんせん真夜中のことだからな」

再入院して一週間余り、傷と糖尿病の治療に加えて、骨折後のリハビリも順調で、歩くことはできるという。しかし、夜中に看護師の目を盗んで、物音一つ立てずに、診療所から抜け出して祭りの会場まで行くというのは、現実的には考えられない。

それに、恋人の亡骸にすがりついて泣く、あの市村の顔はどうだ。あれが演技だとは到底思えない。かなえだって、あれほど市村との仲を惚気《のろけ》ていたではないか。

それでも思い出すことがある。昔テレビで見た、妻殺しの真犯人である夫がいけしゃあしゃあと泣き顔で、「一刻も早い事件の解決を望みます」とインタビューに答えるシーンだ。それと比べると、先ほどの市村は心からかなえの死に憤怒し嘆き悲しんでいるように見えた。

そのとき、PHSが鳴った。志真からだ。

「先生方、そろそろ外来が始まるお時間ですが、どうされますか」

志真が控えめに促す。内容を伝えると、瀬戸山は「行こう。通常通り診療は行う」と答えた。

「すぐ行きます」

隆治はそう言って電話を切った。

「犯人捜しはこちらの仕事ではない。駐在に任せて、こちらはいつも通り島民の命と健康をしっかり守ることに専念するとしよう」

その通りだ。推理ごっこは医者の仕事ではない。

「とくに、台風のときはロクなことがないからな」

そう言って部屋を出る瀬戸山に連れ立っていく。

医局を出るときに、波立つ大荒れの海が目に入る。胸騒ぎを感じつつ、そのまま階下の外来診察室へ向かった。


慌ただしく始まった午前の外来診察は、ありがたいことに普段よりかなりすいていた。

外来が始まった九時に待っていた患者は二人だけだった。いつもは一〇人以上待っているのを考えるとだいぶ少ない。その二人を診てしまうと、あとは誰も来ない。瀬戸山の外来もすいているようだった。

心が鎮まらないままでの診察は、できればしたくなかった。

「台風で、みなさん受診を自粛されているのですか」

「そうですね、自粛と言いますか、台風に備えているのです。窓に板を打ちつけ、外に置いてあるものを家の中に入れます。漁師さんは船をロープでつなぎ止めたり、網を引き上げたりするんですよ」

患者数が少ないからか、志真も余裕があるようでいつもより軽やかに話す。これはこれで良いものだ。

「事件のことは、みなさんご存じなんでしょうか」

まさか自分に尋ねてくる患者はいまいが、騒ぎになっていないのだろうか。

「ええ、小さい島のことですから。でも外から来た人のことなので、あまり大事《おおごと》になっていませんね。台風のほうがよほど関心事です」

台風だから、マスコミも島に来られないのだろう。いずれにせよ、ほどほどに平穏であることはありがたかった。

「志真さんも小さい頃は、台風が近づくと家のことを手伝っていたんですか」

「ええ、まあうちは火葬場ですから、それほどやることはないのですが。どちらかというと本業が忙しくなって」

そう言ってから、しまったというふうに口元を手で隠した。

「どういうことです？」

「その、なんと言いますか、葬儀が増えるということなのですが」

濁そうとする志真につっこむ。これは、神仙島の理解に大切な情報ではないか。

「台風が来ると、亡くなる人が増えるってことですか？」

「え、ええ」

戸惑った顔をする志真を無視して、質問を続けた。

「それはやっぱり、外傷とか遭難とか海難事故とかです？」

少し考えてから答える。

「そうですね、さまざまではありますが。重症の方は搬送ができなくなりますので……」

それにしても患者さんが少ないですね、ちょっと受付を見てきます、と言って志真は診察室を出ていってしまった。

この三畳ほどの小さい診察室にある大きな灰色のデスク。自分が座る、肘置き付きの椅子。デスクの奥の壁には「湿布の処方数に注意」やら「約束処方一覧」など、大小さまざまな紙が貼られている。左には患者用の丸椅子が二つあり、自分の背後には患者が横になるための細いベッドが一台置かれている。

右を見ると裏動線の向こうの窓には、低木の大きな葉が強風でたなびいているのが見える。窓は薄暗く濡れており、どうやら雨も少しずつ降ってきたようだ。

島で経験する台風。島に来て四カ月、いろいろなことがあった。不思議な一軒家での生活、研修医のときにしか診たことのない精神科疾患や妊婦の患者たち。目の外傷患者には細隙灯も使った。死体のＡｉ、検案までやるとは想像もしていなかった。そして、それが事件性を帯びているとは……。

医者を七年やってきてそれなりに場数を踏んだつもりだったが、神仙島では初めての経験だらけだ。来てよかったのだ、と思う。もちろん、この島での経験がすぐに東京での診療に活かせるわけではない。だが、ここでもう少し踏ん張れば、なにか医者としての器というか幅というか、そういうものが大きくなるのではないか。

昨夜の事件も、隆治にはそんなふうに思えた。医者として自分が成長するということは、隆治にとっては生きることそのものだった。

そのとき、窓の外からごうと大きな音がした。強い風が吹いたか。次の瞬間、窓に打ちつける音が鳴り始めた。大粒の雨が降り出したと思ったら、まるでオープニングロールの太鼓の音のような、ほぼ連続的な音になった。

——鹿児島の雨みたいだな。

故郷・鹿児島では、大雨の降り出しはいつも唐突だった。まるでオリンピックの一〇〇メートル走のスタートのように、ほとんど降っていないところからほんの数秒でピークまで到達するのだ。あそこは亜熱帯気候だからだろうか。この島は住所上は東京都だが、どこか鹿児島と似た雰囲気がある。

今年の夏は鹿児島に帰れそうにない。島には四月から一〇月初めまで滞在するが、夏休みの話は赴任前に誰からも聞いていない。それに、この島の医療は瀬戸山と自分の二人でなんとか守っているので、休みを取るわけにはいかない。

実家の母はどうしているだろうか。父が亡くなり四年近くが経つ。夫婦でやっていたさつま揚げの薩州《さつしゅう》あげ屋は、規模を縮小して続けている。六五を超えた年で、一人で店を切り盛りするのはさぞ大変だろう。何歳まで続けられるのか。なにか病気にでもなったら、自分が引き取らねばならないだろう。

そうしたら東京に来てもらうことになるのか。自分が鹿児島に戻ることは、外科医として修業中のいまは考えられない。とはいえ、いつまで修業は続くのだろうか。それが終わるまで、人生のあらゆることを停止したままでいいのだろうか。

不意にはるかの顔が浮かぶ。別れたのは一年前だが、今頃どうしているのだろう。東京にいるときに思い出すことはほとんどなかった。こうして遠方に来て思い出すのは不思議だ。この島には名前通り神仙の類《たぐい》が住んでいて、いろいろなことを自分に問いかけているのかもしれないなどと、くだらないことを考えてもみる。

はるかとは、自分の外科修業のせいで別れることになった。仕事にかまけて誕生日を忘れ、連絡しづらくなり、連絡するのがおっくうになって、気持ちが離れた。そんなふうに、外科の仕事に責任を押し付けてみる。だが、本当はわかっている。俺は、俺という人間は、宿り木としてはるかに寄生していたのだ。それも彼女に会った初めから。外科医修業の苦しみを少しでも和らげるために、はるかを利用したのだ、俺という男は。

津波のように押し寄せてくる自己嫌悪を誤魔化そうと、立ち上がって窓の前に立つ。先ほどからの雨はさらに強さを増し、水滴に叩かれる窓がまるでしなるようだ。

「先生」

診察室の扉が開き、志真が入ってきた。

「救急隊から連絡が来ています。五三歳男性、腹痛の患者が来るそうです」

「わかりました」

「役場の職員だそうですが今日は非番で、自宅のある島の反対側の集落から来るそうです。この雨で危ないので、三〇分くらいかけて来る、とのことでした。バイタルなどわかったら連絡するとのことです」

無理もない。交通事故が起きてしまったらそれこそ大惨事だ。

志真が部屋を出ると、診察室は再び、打ちつける雨音に支配された。

処置室に滑り込んできたのは、ストレッチャーに乗せられた中年男性だった。

「青木《あおき》さん、到着しましたよ！　頑張って！」

M字形に禿げ上がりかけた広い額に玉のような汗をたくさんかき、口をぐるりと囲む髭面が、苦悶に満ちている。これは、ただごとではない。

ずぶ濡れの救急隊員が報告をしてくる。見覚えがあると思ったら、以前、ショベルカーに挟まれたキタハラを搬送してきた中年の隊員だ。あとから入ってきた高齢の隊員も、そのときに見た記憶がある。

「イチ、ニイ、サン」

隊員二人と自分、そして志真で、ストレッチャーから診療所のベッドに手際よく青木を移す。

「青木さん、ですね」

大声で問いかける。

「は、はい……」

意識レベルはそう悪くはない。

志真は手早く血圧計を腕に巻くと、サチュレーションモニターを指にはめた。

隊員が割って入る。

「患者は青木大助《だいすけ》さん、五三歳男性です。本日非番のため自宅にいたところ、腹痛で救急要請となりました。昨夜二時頃、腹痛で目が覚め、それからずっと痛みがあり眠れなかったとのことです」

処置室の壁にかけられた古い丸時計をちらと見ると、一〇時三〇分過ぎだった。ということは、八時間以上は経っている。

「現場到着《げんちゃく》時、布団にエビのようにうずくまって横になっておりました。昨夜は飲みに行き、帰ってから好物のカップヌードルシーフード味を食べたとのことです。血圧は88/52、脈拍は一二〇回」

「えっ！」

血圧が下がり脈拍が上がる、いわゆるショック・バイタルではないか。なにか大変なことが起きているのは間違いない。

「志真さん、ルート二本くらい取ってください。太めで。で、リンゲルかなにかを全開で入れましょう」

「わかりました、膀胱尿道カテーテル《バルーン》も入れますね」

やはり志真は心強い。

「青木さん、痛みはいつがピークでした？」

「……うう……いま、かな……」

「すいません、ちょっとお腹を触りますね」

青木の黒いTシャツを捲《まく》り上げると、毛深い腹が盛り上がっている。年季の入っていそうなGパンはすでにボタンがはずされ、少し下げられていた。

全身の神経を右手の指先に集中させて、そっと青木の心窩部《みぞおち》に触れる。

「イタッ!!」

——これは……。

間違いない。腹膜炎だ。この痛がり方は、外科医であれば少し触れただけですぐにわかる。胃か腸か、どこかに穴が開いたに違いない。

もう一カ所、右の下腹部に触れてみる。

「ぐあっ！」

まるで鉄の板を押しているようだ。

「志真さん、大至急、造影ＣＴを撮りましょう。瀬戸山先生と相談してきます」

「ですから、下部消化管の穿孔で間違いないとすれば、搬送していては絶対に間に合わないと思います」

瀬戸山のいる診察室2で、つい声を荒らげた。

「ましてや台風でヘリは飛ばないんですよね、今日は」

「そうだが……しかし……」

運ばれた腹痛患者の青木のＣＴは、見事に大腸が破れ、便が腹の中じゅうに広がっている所見だった。心停止してしまうまで、三時間も持たないだろう。

「僕が挿管して、麻酔管理もします。そして執刀します」

研修医のとき三カ月在籍した麻酔科の知識を、まだ忘れたわけではない。

瀬戸山は頭を抱えている。しかし引き下がるわけにはいかない。

絶望したキタハラの目が脳裏にちらつく。

「先生、いかがですか。先ほど志真さんから、麻酔の道具や薬剤は万一に備えてすべて常備してあると聞きました」

「ううむ……」

強く目をつむる瀬戸山の顔を見て、隆治は冷静になった。もう一度、客観的に全体を見なければ……。

果たしてこれは蛮勇だろうか。無謀だろうか。違う。いま自分が動かなければ、青木は必ず死ぬ。手術をしたって、間に合うかどうかギリギリのところだろう。だからこの意思決定は、早くしなければならない。

瀬戸山が絞り出すように声を発した。

「この島で、全身麻酔の手術をしたのは一年前だ」

小さい予定手術なら麻酔をかけることもある、と以前瀬戸山は言っていた。

「そのときは、足が悪くてヘリでの移動ができない患者の虫垂切除だった。腰椎麻酔《ルンバール》でやろうとしたのだが、背骨の圧迫骨折を何度もしたばあさんでな、針が神経の近くまで入らなかったのだ。いまと同じ、台風の日だった。ヘリは飛ばず、自衛隊もお手上げだ。もうアッペで死なすわけにはいかんと、仕方なく全身麻酔をかけてから切ったのだ」

苦々しい顔で続ける。

「しかし、しかしだ」

「はい」

「たかがアッペとはわけが違う。麻酔の導入にしたって、それで血圧がドンと下がって心停止になるかもしれん。術中にしても管理は簡単ではない。それを、素人の麻酔で死なせてしまったら……」

瀬戸山の懸念はわからないでもない。この診療所の責任者としては、そのような、一か八かのような手術をするわけにはいかないのだ。

いや、だからといって、このまま指を咥《くわ》えて見ていていいのか。

いや、でも本当に、こんな小さな診療所で手術をやっていいのだろうか。自分の考えは本当に合っているだろうか。このまま「様子見」をするのが、波風の立たない、正解なのではないだろうか。

いったん疑念に囚われると、もうなにが正しいのか自分ではわからなくなってしまう。

そうだ。

「先生、ちょっと離れます」

診察室2から1へと移動し、ポケットからスマートフォンを出した。

「もしもし、雨野です」

「あれ、どうしたの」

たった数カ月聞かないだけだが、すでに声が懐かしい。

「佐藤《さとう》先生、お忙しいところすいません。いまちょっとご相談よろしいですか」

牛ノ町病院外科の上司、佐藤玲《れい》は幸い手術中ではなかった。

「うん」

「実はいま、島にいるんですが」

「知ってる」

無駄を省くこの会話もまた懐かしく、心が落ち着く。

「下部の穿孔《パーフォレーション》がいまして。ショック・バイタルだったんですが、いまは輸液に反応しています」

「何歳？」

「五三歳です。既往も特にありません」

「で？」

牛ノ町病院にいるときにも、こんなやりとりは月に何度も繰り返された。「やるの？やらないの？」と、方針の決定までこちらにゆだねてくるのだ。

もちろん、全体的な状況を把握し、診察した上で最終決定をするのは佐藤だ。しかし、仮とはいえ方針を決定すれば、極めて重い責任がのしかかる。それが佐藤の教育方針らしい。

「やりたいのですが、外科医は、自分と上司の所長先生の二人だけで、麻酔の先生がおらず困っています」

「……所長っていうのは、手術できんの？　糸ぐらい結べる？」

「はい、もともと外科医で病院で一〇年ぐらいやっておられたようで、一通りできると伺っています」

しばし沈黙があった。佐藤でも、この重い決断をいま下すかどうか悩むのだろうか。

「やりなよ、雨野」

予想通りの答えが返ってきた。もともと議論の余地などないのだ。

「麻酔の前に、散々点滴を入れておきな、三リットルくらい。そうすれば血圧はそう下がらない。急いだほうがいいよ。やるならオープンで、ハルトマンでしょ。挿管とAラインぐらい、ICUで何度もやってるからできるよね」

まるで自分の心配はすべて見透かされているようだ。長年ずっと一緒に外科でやっているのだ、当たり前かもしれない。

「ありがとうございます。先生」

「なに？」

「これ、やったほうがいいですよね？」

「当たり前だろ、ダメならダメで仕方ないなんて思わないこと。せっかく外科医が島に行ってんだから、救命して」

煽るような言い方だが、それが佐藤の本心からの言葉であることが、隆治にはわかる。

「わかりました、ありがとうございます」

覚悟は決まった。あとは、やるだけだ。

*

「メス、じゃなかった」

器械出し看護師はいないのだ。すぐ右の台に並べられたのは、メスやハサミ類、コッヘルやペアンなどの鉗子類、そしてガーゼの束だった。手術室看護師の経験を持つ志真が並べてくれたものだ。

器械台からメスを探して取ると、

「お願いします」

と続けた。緑の綿布製の覆《お》い布《ふ》がかけられ、腹部だけが露出した患者の向かいには瀬戸山が立っている。患者の頭側、古めかしい麻酔器が置かれた傍の麻酔医が通常立っているスペースには、志真がいる。

緑色の布の手術ガウンを身にまとい、マスクをつける姿は何十年も前の手術風景のようだ。大きな病院では普通、すべて不織布という使い捨ての紙製でやっているのだが、島には布製のものが置いてあり、滅菌もすぐにすることができた。

あの後、瀬戸山の説得は意外なほど簡単だった。瀬戸山とてわかっていたのだ、手術をやらねば確実に死ぬということが。なんと瀬戸山は、麻酔科の標榜医資格も持っているという。一年のブランクはあったが、麻酔の導入はスムーズで、あっという間に患者は眠らされた。

血圧云々《うんぬん》という話は、おそらく、島で手術をすることをためらった瀬戸山の弁だったのだろう。全責任を負うわけだから、わからないでもない。今回だけ手術をすることへの躊躇《ちゆうちよ》もあっただろう。たまたま自分は外科医だが、自分がいなくなったあと、外科医が派遣されてくるとは限らない。

電動髭剃りで体毛が剃られた腹部は、しっとりと冷たい。

臍のすぐ下にメスを置くと、さっと恥骨のすぐ上まで二〇センチほど切る。

この手術の唯一の武器である電気メスを手にすると、皮下の出血部位を焼いて止めていく。

台からコッヘルを二本取り、一本は瀬戸山に渡す。いちいち台のある横を向かなければならない。このようなやり方の手術は初めてである。

——くそ、やりづらいな……。

普段の倍、いやそれ以上の手間がかかる。なによりストレスなのは、道具を持ち替える必要が生じるたびに、腹の中から目を離さねばならないことだ。

腹の中だけを凝視して執刀できたこれまでの手術が、どれほど恵まれていたことか。しかしあそこまで言い切って手術をやろうと言ったのは自分だ。苦しいが、なんとしても完遂するのだ。

「ガーゼ、じゃなかった」

自らガーゼを掴み取る。

額から噴き出す汗が、布の帽子に染み込んでいく。おそらく帽子は深い緑色に変色していることだろう。

「先生、結紮《けっさつ》をお願いします」

「うん」

瀬戸山は淡々としている。修羅場と言っていいこの状況でも落ち着いていられるのは、長い間この島で苦しい経験を積んできた重みというものだろうか。

ありがたいことに、瀬戸山は技術的にもまったく申し分なかった。大きな両の手で行われる場の展開は素晴らしく、微細な糸結びの手技は、決して速いわけではないが一定のペースで確実に行われた。

これほど歳上の外科医との手術は初めてだが、なにか大きな山にいだかれたように感じる。いまも遠く故郷で、あの目が痛くなるような青い空に向けて気炎を吐いている桜島のように。

「ありがとうございました」

手術が終わると、一気に全身の力が抜けた。その場で座り込みそうになるのをなんとかこらえ、ガウンを脱いでいく。

なんとか、うまくいったと言ってよいだろう。三時間もかからず、たいした出血もなく終えることができたのだ。腹が開いてから便をかき出し、腹の中を大量の生理食塩水で洗うのには時間を食ったが、それでも穿孔部位はすぐに見つかった。

肛門から二〇センチほど上流の、浅いS状結腸の位置だったのは幸運だった。深く狭い骨盤の中を、瀬戸山と二人だけで切っていくのはまず不可能だからだ。かなり浅いところで腸を切り、縫い閉じるのは容易だった。

「出血量はいくらだ」

「カウントできていませんが、だいたい二〇〇グラムくらいかと思います」

志真が答える。

「この台風では輸血も来ないから、なんとか点滴だけで凌《しの》ごう」

そうだ。輸血も持ってこられないのだ。いざというときは、血液型の合う島民から血をもらって入れる、全血輸血をすると、志真が手術前に言っていた。

処置室の壁の棚からガーゼを出していると、後ろから声をかけられた。

「雨野先生、ありがとう」

瀬戸山の手術着は、胸元や脇が汗で変色している。

「先生のおかげで、この人はどうやら助かるようだ」

頬が赤い。

「いえ」

「お礼を言わせてくれ」

瀬戸山が右手を差し出したので、隆治はその手を握った。

「先生、こちらこそ僕の勝手な意見を聞いてくださり、ありがとうございました」

「……君は、やはり外科医だな。手術も見事だった」

「え、いえ、そんな」

「さて、私は麻酔を醒ますから、先生は術後の点滴の指示などを入れておいてくれ」

わかりました、と言いながら、隆治は処置室を後にした。

幸い、術後の経過は良好だった。なんと言っても早めに手術に踏み切ったのが良かったのだろう。

二日もすると血圧は安定し、四日目には歩いてリハビリを始めるほどになった。台風が去った後は晴れが続いていたが、輸血を依頼する必要もなかった。

「やあ、雨野先生」

医局から出たところで青木に声をかけられた。上下青のパジャマ姿で、腹が痛むのか、歩行器に両肘をついて猫背で歩いている。

「青木さん、いい具合ですね」

「これくらい頑張らないとね。せっかく先生が体張って命救ってくれたんだ」

「そんな」

口では否定しつつも、この青木の姿を見ると、あのとき瀬戸山に食い下がって本当に良かったと素直に思う。

「それで、そろそろメシはどうなんだろうね。腹減っちゃってさ」

青木はまだ食事を始めていなかった。

「ふつう、この手術のあとは一週間くらいは腸が動いてこないものなんですが、青木さんはもう良さそうですね。明日から食べてみますか？」

「おお、よろしく頼みますよ」

髭が伸びて、顔がほとんど髭で覆われるようになっていたが、そろそろシャワー浴や髭剃りもできそうだ。

階下で志真を見つけた。

「志真さん、青木さんの食事を全粥くらいから始めたいんですが、どうやってオーダーすればいいんですか？」

志真は少し困った表情を浮かべた。

「先生、この診療所では食事を出せないのです」

そうだった。

「ですから、入院中の方はご家族に持ってきていただくか、あの、申し上げづらいのですが、先生方と同じようにアンジェリーナ刈内商店からお弁当を頼んでもらうのです。市村さんにもそうしていただいています」

志真は続けた。

「青木さんは身寄りがないので、お弁当ということになるかと」

あの大手術をしたあとの青木に、いきなり普通食を食べさせて大丈夫だろうか。心配だが、それ以外に選択肢はない。

「わかりました、では明日からの手配をお願いします」

その日の夜遅く、佐藤にメールを書いた。

「佐藤先生ご机下
ご無沙汰しております。雨野です。先日ご相談した下部穿孔の方ですが、手術は無事終わり術後経過も良好です。台風で物資が島に来ず、ストーマのパウチがなくなってしまいそうで困っているくらいです。先日は電話でご相談をさせていただき、誠にありがとうございました。

雨野隆治　拝」

＊

緊急手術から五日目の朝のことだった。七時前に医局に到着し、書類仕事を片付けているとノック音がした。

「はい」

「先生、失礼いたします」

のそりと入ってきたのはヤマアラシだった。どうしてこの男と会うのは早朝や深夜なのだろう。警察とはそういうものなのだろうか。

緊急手術のせいで関心の外におしのけられていた、かなえの件を思い出す。たしか台風が去ってすぐにヘリで遺体が搬送されたのだった。遺体は監察医務院に送られ、司法解剖になると瀬戸山は言っていた。

「早くから申し訳ありません」

細い目を白いハンカチで拭くヤマアラシは、半袖の制服姿だった。

「どうぞ」

ソファに座るよう促す。お茶でも出そうかと思ったが、警察にそんなことをする義理もないような気がする。

「実はですね」

座るなりヤマアラシは扉を見返して、閉まっていることを確認して話し出した。

「これはぜひ先生にだけお伝えしたいのですが、他の看護師さんなどにご内密に願えますか」

「え、ええ」

思わず頷いてしまったが、そんなことは確約できない。

「先日の市村の恋人の件なのですが、本庁から来た刑事といろいろ捜査しておりまして」

小声になり、ローテーブルの向こうからずいと大きな顔を近づける。どうも芝居がかるのは、滅多にないこんな事件に高揚しているからだろう。

「やはり市村がかなり怪しいのではという話になりまして」

「そうですか」

なんとなく予想していた流れだった。そうでなければわざわざこの早朝に訪ねてくることもない。鼻息が荒すぎるのではと思うが、余計なことは言わない。

「それで、先生のところに本日参上いたしましたのは、あの市村の容態と言いますか、その」

「逮捕できるか、ということですか?」

「おっしゃる通りで。正確には留置場での生活に耐えられるかどうか、なのですが」

ヤマアラシは額の汗を拭く。

「医学的には……」

問題ない気がする。が、それほど単純な話でもない。患者の持つ、治療を受ける権利を奪ってしまうことになりはしないか。

思い出すのは、六年前の冬の夜、麻薬中毒で救急外来に運ばれてきた一九歳の女性のことだった。覚醒剤を打つ量を間違えて意識が朦朧《もうろう》となり、怖くなって自ら救急車を呼んだのだ。

すると、どこで知ったのか病院に警察官が二人来て、この名前の女はいるかと尋ねたのだ。受付の事務員が「この方なら、先ほど救急車で来られましたよ」と言ってしまったばかりに、女性は一晩点滴をして翌朝救急外来を一歩出たところで、待ち構えていた警察官に逮捕された。

気の毒ですね、とうっかり言ったら「なに馬鹿なこと言ってるんだ、自業自得だろ」と佐藤に一喝されたのだった。

「僕には判断がつきかねるので、所長に相談します」

そろそろ瀬戸山も登院する時間だ。

「では」

ヤマアラシがのそりと立ち上がり、部屋を出ていった。

逮捕、という単語が頭にこびりつく。

市村の病状からいって不可能ではないが、捜査が治療に優先するものなのか。そもそも、入院中の市村がどうやってかなえを殺せるというのだ。

ソファから立ち上がり、窓に目をやる。台風の去ったあとの海とは、これほど静かなのだろうか。早朝の日の光を、穏やかな水面が反射して眩しい。ときおり、高さのない波がゆるりと押し寄せているだけで、鳥一羽飛んでいない。

市村の話はいったん自分の思考から追い出したい、と思う。瀬戸山も言っていたように、犯人捜しは医者の仕事ではない。そんなことに意識を奪われていたら、島民の命を守るという本業が疎《おろそ》かになってしまいそうだ。

遺体は搬送され、その道のプロの法医学者が、すでに解剖も済ませたのだろう。ヤマアラシには応援の刑事も来ているらしい。自分の出る幕ではない。

医局の扉が開き、白衣姿の瀬戸山が入ってきた。

「おはよう」

「先生、さっき駐在さんがいらっしゃいまして。やはり市村さんが怪しいとおっしゃっていまして、逮捕するのは医学的にどうか、と聞かれました」

朝の挨拶も飛ばして、一気に言ってしまう。この案件を早く手から離したかったのだ。

「なるほど。それは、参ったな」

デスクに黒革の大きなバッグを置いて、瀬戸山はため息をついた。

「本庁から来た刑事とも話して、とのことです」

「ううむ。逮捕されてももう問題なさそうだが、そうなると退院してもらうか」

「そうですね、足のほうはもういいのですか？」

「まだリハビリ中だが、そこはなんとかなるだろう。相談してみるよ」

いったい誰と相談するのか見当もつかないが、これでボールが瀬戸山に移ったことは間違いない。

隆治は安堵して、自分のデスクのパソコンを開いた。

＊

外来はいつものように目が回るような忙しさだった。

志真が「先生、この方一時間以上お待ちです」「こちらの方はお待ちいただいていても大丈夫です」などとコントロールしてくれなかったら、待ち時間が長くなりすぎて、怒る患者も出てきていただろう。

なによりありがたかったのは、台風で畑がやられてしまったなどと長い話をする患者はすぐ診察室から出して、志真が代わりに話を聞いてくれたことだった。

そして、志真と一緒に働く時間に心躍る自分にも気づいていた。島にいるのは半年だけだ。だから特別な感情は抱かないようにと思っていても、患者を部屋から出すときの志真の横顔につい目が行ってしまう。

どこに惹かれたかと問われれば、志真の看護師としての高い能力なのだろうと思う。外科や内科以外にも精神科や眼科、耳鼻科などあらゆる科の患者への対応ができる。救えなかった外傷患者のキタハラの救命措置にしてもそうだった。手術の準備と介助も見事なものだったし、こうして混雑する外来の管理《コントロール》も素晴らしい。

これほどのマルチプレーヤーの看護師というのは珍しいのではないか。もともと優秀で経験豊富だったところに離島という特殊な状況が加わって、彼女の能力はさらに鍛え上げられたのかもしれない。

志真は隆治がちらちらと見ていることに気づいているのだろうか。

振り返れば、赴任してすぐの、秀子の家での飲み会のときから、もう意識していたのだと思う。

――横顔、綺麗だもんな。

自分は志真の看護師としての能力云々ではなく、単に見た目が好みなのか。まあ、それでも良い。

それにしても、重症患者や重大事件にまで追われるなかで恋を始めるなど、どうにも器用になったものだ。これも、医者七年目にして仕事との距離が掴めてきたということなのか。

志真が倒れたのは、その日の午後のことだった。

「志真さん！　どうした！」

走って医局に呼びに来た秀子とともに階下へ降りると、待合室で倒れている志真が目に飛び込んできた。

これは、どういうことか。

志真はナース服のまま、その場に崩れ落ちたというように、横向きに倒れている。

「志真さん！」

返事はない。意識がないようだ。

上に向けると、目をつぶった志真の白い顔は生気がない。自分の頬を志真の口に近づけ、空気の動きを待つ。

――頼む……息をしていてくれ……。

四秒、五秒、六秒待つ。頬にはなにも感じない。

「呼吸停止！」

大声で叫ぶ。

なにが起きているのだ。

落ち着け。次にすべきことはなんだ。

目の前で人が倒れたときにすること、それはすべて決まっている。呼吸を確認、次は……。

志真の首にさっと右手の人差し指と中指を揃えて当てる。心臓が動いていれば、ここの総頸動脈が拍動するはずだ。

志真の首に当てた手に、わずかに髪が触れる。肌は冷たい。

――まさか……。

「脈もない！」

秀子が、

「処置室に運びましょう！」

と叫び返す。

「えっ」

「こんなところで蘇生行為できないでしょ」

それもそうだ。

「先生、頭のほう持って。私足持つから！」

後ろから志真を抱きかかえると、だらりと左手が落ちたので慌てて腹の上に置き直した。

「いくよ、イチ、ニノ、サン」

意識のない人間ほど重いものはない。足をもつれさせながらもなんとか大急ぎで処置室へ運び込む。

部屋の真ん中の処置台に置くと、すぐに言った。

「僕は心臓マッサージします、すぐにモニターつけてＡＥＤを持ってきて！」

たしかこの処置室か廊下にオレンジ色のカバーのＡＥＤが置いてあった。

志真の胸を見て、一瞬ためらったがすぐに両手を当てた。大きく開いた右手の上に、九〇度角度をつけて左手を乗せる。

手から伝わる薄い胸の感触を無視し、ぐっと強く押し込む。手に返ってくるのは肋骨《ろっこつ》の軋《きし》む音だ。

一分間に一〇〇回。

このペースで心臓を押す。しかしなぜこんなことが。

余計なことを考えるな、原因を考えねば。

透析患者の志真だ、電解質異常で高カリウムになっていれば致死的な不整脈から心停止はありうる。あとはなんだ……。

「先生、一瞬手を離して」

秀子が志真の白衣の前ファスナーを首のあたりから勢いよく下げた。

白いレースのついたキャミソールを一気に捲り上げ、同じく白いブラジャーを外していく。

正直、目を逸らしたい。でも、心臓マッサージをしなければ、志真の脳細胞は刻一刻と死んでいく。

薄い桃色のささやかな乳首が目に飛び込んでくる。かまわず心臓マッサージを続ける。

その手の間から秀子は、五〇〇円玉ほどの大きさのモニターのシールを左右の胸と左の腹に貼り、コードを接続する。

「先生っ！　モニターついたよ！」

「OK、確認します！」

ベッドの足側に置かれた小さなモニターの画面には、無秩序に並んだ山と谷がギザギザと表示されている。

「これは……。VT？　VF？」

秀子の問いかけには答えず叫んだ。

「AEDつけましょう！　電気ショック《ショック》が必要！」

「わかった！」

心室頻拍《VT》か心室細動《VF》か。どういう病態にせよ、志真の心臓の電気運動はバラバラになっている。筋肉でできた袋状の臓器である心臓は、電気が一定のリズムで流れるから、そのリズムで拍動して全身に血が送れる。いまは心臓のあちこちが小刻みに震えていて、有効に収縮をしていない。つまり心臓が止まっているのと同じ状態だ。

これを治すには、一度大きな電気を通電させることで電気運動を整える必要がある。つまり電気ショックが必要なのである。

秀子がAEDを準備する間、心臓マッサージを再開する。

グキ、グキと肋骨が折れる音が聞こえる。そこまで長期ではないとはいえ、透析患者である志真は骨がもろくなっている。

――まさか、志真さんも……。いや、死なせない！

手に力が入る。

「まだ！」

「もういけます！」

秀子が手のひらほどの大きさの電極パッドを、志真の右胸と左脇腹に貼る。心臓を挟んで貼られたこの二つのパッドの間を、電気が流れるのだ。

〈心電図を解析中です、患者に触れないでください。解析中です、患者に触れないでください〉

無機質な女性のアナウンスが流れる。

――頼む……。

きちんと解析できれば電気ショックが必要になるはずだ。そしてそれは、いまの状況を打開することを意味する。もし電気ショックが不要という判断を機械がしたら、どうするか。強制的に電気ショックをしてしまおうか……。

〈電気ショックが必要です。充電しています〉

「よし！」

救命できるかもしれない。いや、できる。

「みんな患者から離れて！」

つい癖で言ってしまったが、自分と秀子しかいない。電気ショックのときに患者と触れていると通電し、最悪、その人まで心臓が止まってしまう。

「秀子さん、離れて」

秀子が離れ、大げさに自分も両手を上げる。

「来い！」

〈体から離れてください。点滅ボタンを押してください〉

「ショックします！」

隆治は、オレンジ色のハート形をしたボタンをためらいなく押す。

バン、という音とともに志真の体が大きく動いた。

〈電気ショックが行われました。患者に触れても大丈夫です〉

「リズムは！」

モニターに向かって叫ぶ。

ポッ、ポッ、ポッ、という音とともに、正常な心電図の波形が現れた。

「よし！」

さっと首に指を当てる。弱いが、拍動が触れた。

「心拍再開！」

「やったあ！」

秀子が酸素マスクを志真の顔につけた。そうか、まだ酸素すらつけていなかったのだ。

そして胸に白い大きなタオルをかける。

次の瞬間、モニター画面に「93」という青い数字が表示された。酸素飽和度が測れたのだ。これで有効に心臓が動いていることが証明された。

「志真さん！　志真さん！」

強く肩を叩く。

「………」

声は出さないが、かすかに瞼《まぶた》が動き、わずかに目が開いた。

「志真さん！　わかりますー？」

意識《レベル》も戻ってきている。おそらく倒れてそれほど時間が経つ前に、心臓マッサージができたからだろう。

「う……うう……」

「よし！」

秀子が急いで血圧を測っている。

「血圧、90の52！」

低いのはやむを得ない。

「ありがとうございます、ではルートを取りましょう！」

「あれ……わたし……」

朦朧とした意識のなか、志真が頭を起こそうとする。

「大丈夫！　あんた、一瞬心臓止まってたんだよ！」

志真のうつろな目が空を泳ぐ。

志真の意識がしっかり戻ったのは、翌朝のことだった。

Part 5　島で生きる

夜、アンジェリーナ刈内商店ののり弁当を口にしながら、志真は古びて黄色がかった病室の壁を見てため息をついた。大きく息を吸おうとすると、胸の真ん中がズキンと痛む。

雨野先生に蘇生してもらってからというもの、そのまま診療所に入院した自分のもとへと先生は毎日必ず五回顔を出す。

朝一番の出勤時、午前の外来終了時、昼食後、そして午後の診療の後、さらに夜仕事が終わってからだいたい七時くらいに、いつも決まって「こんばんは」である。

三年も勤める診療所に、自分が入院するとは思わなかった。透析患者なので、こういうこともいつかはあるかもしれないと思っていたが、これほど突然とは。

神仙村診療所の二階は医局と病室しかないから、外来や検査室がある一階とは対照的に静かだ。自分がいるのは、医局と向かい側の四つ並ぶ病室のうち、南側から二番目にある。といっても自分のほかに入院患者は、隣の病室にいる骨折患者の市村だけだ。市村は糖尿が災いして創部の感染が長引いてしまっているため、瀬戸山の指示で毎日インスリンを調整して打っている。

四人部屋にしてもよい広さのこの二号室にはベッドが二台あり、その窓側に自分はいさせてもらっている。

自分の身になにが起きたのか、だいたいはわかっている。心停止の原因が心室細動だというから驚きだけれど、秀子さんが言うには雨野先生が飛んできて大急ぎで心臓マッサージとAEDで蘇生してくれたらしい。

「胸を見られてしまったのね、恥ずかしい」

そう秀子に告げると、

「なにバカなこと言ってんのよ。こっちは必死でおっぱいどころじゃないわよ、心臓止まってたんだからあんた」

と言われた。たしかにそうだ。

胸の痛みは心臓マッサージによるものだろう。

「すいません、たぶん折れちゃってます」

レントゲンを見ながら、雨野先生は言いにくそうに教えてくれた。

命を救ってくれたのだ、肋骨が何本折れようがかまわない。とはいってもまだ倒れてから一週間なので、痛みが強い。

そろそろ退院させてくれてもよさそうなものだが、雨野先生は「まだ電解質異常が完全に良くなったわけじゃない」と言う。

まったく、生真面目な先生だ。まあ、致死性不整脈が出てしまったのだから、当然といえば当然だろう。透析中のくせに生活態度が悪いからでしょ、とは誰も言わないが、自分だけはわかっている。今日だってこんな塩分の高いのり弁を食べている。

それに、おそらく心臓なんかも傷んでいるのだろう、ときどき胸の痛みもあったのだ。雨野先生が来島してから四カ月が経った。外科医が来ると聞いて正直なところ警戒していたし、嫌だなと思っていた。外科医なのだから持ち上げておけばどうにかなるだろうと、失礼なことも思っていたくらいだ。

でも、患者さんへの態度がこれまでのどのドクターとも違う。

なんというか、あの若い外科医には、外科医らしからぬ表面的ではない優しさがある。診察室の扉が開くたびに、ほとんどが初めて会う患者だろうに、まるで長年の付き合いをしてきたような顔をする。南のほうの出身だからなのか、まるで収穫したての檸檬《レモン》のような底知れぬ明るさがある。島で生まれ育った自分の持つ、じっとりとした暗さとは対照的だ。

「こんばんは」

そんなことを思っていたちょうどそのときに本人が顔を出したので、驚くというより照れるものがある。

「先生、いつもありがとうございます」

慌てて口の中のものを喉奥に押し込む。食べている姿を見られるのは恥ずかしい。

「どうですか、調子は」

「ええ、おかげさまですっかり元気です」

「本当ですか？」

少年のような瞳で見られると、目を逸らしたくなってくる。

「はい、胸が痛むことを除けば」

悪いところを一つ告げて、安心させてみる。

「そうですよね、すいません」

頭をかいているこの男の白衣の襟の汚れが目に入る。そろそろ白衣を取り替えては、と言いたいが、そんな母親のような世話を焼くのもためらわれるし、なにせ自分はいま入院患者なのだ。その役に徹しなければならない。

「痛み止め、増やします？」

「いえ、大丈夫です」

「では、また明日の朝来ますので。おやすみなさい」

こちらの返事を聞く前に、頭を下げて出ていってしまった。

静かな病室に、プラスチックの弁当に輪ゴムをかける音が響く。容赦ない塩味だというのに、今日は半分も食べてしまった。

自分のあとを秀子が引き継いだ外来は、どうなっているのだろうか。雨野先生のことだから、秀子と喧嘩などしてないと思うが。

少しベッドの背もたれを倒す。手足の端々には、まだわずかに軋むような痛みがある。

目に入ってくる蛍光灯のあかりは、もともと白色だったらしいが、古いせいか黄色みを帯びている。かすかに弱まったり戻ったりと揺らぎを持つその光を見ていると、東京にいた頃に付き合っていた男の姿が思い浮かぶ。

ずいぶん背が高くてがっちりとした骨格の、整った顔の外科医。

「俺にはお前しかいないから」

酒臭い口で、酔ったときだけ出る甘い言葉を雑に吐いては、バスケで鍛えた肩の筋肉で自分を包んだ。同棲していた2LDKの湯島の部屋に、よく後輩の外科医を連れてきたものだった。下に慕われ、男気に溢れていて、いまどき珍しいタイプの親分肌だった。

そんな彼が、妊娠を告げたときにあれほど動揺したのだ。頭の回転も速かったから、私の体を心配する言葉をすぐ口にしたが、あの青ざめた顔は「俺はまだ結婚したくない」と言っていた。

そのあとしばらくして実家に行ったときの、あの母親もなかった。こちらに向かって看護婦、看護婦と何度も言って、「ご老人のおしもの世話をするのよね、大変ね」とあからさまに馬鹿にしてきた。

でも、一番傷ついたのは、庇《かば》ってくれるはずの彼が、薄ら笑いを浮かべてなにも口出しをしなかったことだ。優しい人だったが、その優しさは、自分より家や親に向けられるのだとはっきりわかった。ああ、この人と一緒にいてはいけないと思った。別れたのはそのすぐ後だった。

「跡継ぎが産めないのは困る」「息子は看護婦とは結婚させられない」と言われたと、雨野先生には、自分が被害者であるかのような言い方をしてしまった。

それは先生に嫌われたくなかったからだ。本当は、自分が結婚しないと決めたのだ。

別れて島に戻ったのは良かったのだと思う。欲望と争いの渦巻く街から離れただけで、平穏を取り戻せたのだ。

島でひっそり父の面倒を見ながら、診療所の看護師として一生を終える。恋愛も結婚ももうしない、と決めたではないか。なのになぜ、あの若い外科医に心動くのか。彼についてもう一度東京へ行くなどと、絵空事を考えてしまう。

あの人もまた、私のことを思っているのだろうか。あと二カ月もすれば東京に帰っていくあの人は。

その夜、志真は眠られぬ夜を過ごした。

＊

隆治が六時過ぎに医師住宅を出ると、真っ青だった空はその色を薄くし、いつの間にか高さを増している。木々は勢いなく葉をくすませ、暑い中にもほのかな涼風が駆け抜けるようになった。

愛車の白い軽自動車は変わらずところどころが錆び、アクセルを踏むと苦しげにエンジンが唸《うな》る。全開の窓からは、かすかに潮の匂いが含まれた空気が入ってくる。

診療所の駐車場に近づくと、驚いたことに、隆治を出迎えたのは玄関に立っていた制服姿のヤマアラシだった。

「先生、おはようございます」

にこやかな顔とは対照的に、まるで試合前の柔道選手のように、全身からただならぬ妖気が出ている。

「おはようございます」

「お待ちしておりました、ちょっと医局によろしいですか」

尋ねるというよりは、確認の言葉だった。

ヤマアラシは医局に入ると、断りもなくソファにどかっと腰をかけた。

「いや、まだまだ暑いですね。先生は島はいつまでで？」

「今月いっぱいです」

「そうでしたか。いやいや」

白いハンカチで顔の汗をぬぐうヤマアラシに焦《じ》れる。なぜ本題になかなか入らないのだ。朝はカルテチェックや日誌など、やることが多いというのに。

「それで、ご用件はなんでしょう」

「実はですね、今日これから、あの男を逮捕することになりました。応援も三人、建物の外に配置しております」

「えっ！」

市村は傷の治癒は遅いが血糖は落ち着き、リハビリも進んでいたので、退院にしてもいいだろうと、瀬戸山が先週話していたところだった。その情報を瀬戸山から聞いているのだろう。

「本来ならば内密に動くのですが、先生にはお伝えしておかねばと思いまして。混乱を招くと申し訳ありませんので」

混乱……。たしかに、診療待ちの島民の目につくようなことになれば、大騒動になりかねない。でもそんなことより真相が気になる。

「容疑が固まったということでしょうか？」

「そういうことになります」

自信満々のヤマアラシに、内心苛つく。

「いったいどういう……」

「すいません、まだ申し上げられません」

警察官にも医者と同じように、業務上知り得た内容を漏らしてはいけないという守秘義務があるのだろう。

しかしどうやって入院中の市村がかなえを殺したというのだろうか。

「とにかく、これから本人の元へと行きますので、同行願えますでしょうか」

まるでこちらが容疑者であるかのような言い方だ。

隆治が返事をする前に、ヤマアラシは立ち上がってさっさと医局を出た。

左前の病室の扉を開けると、市村は左奥のベッドに布団をかぶって横になっていた。

「市村於菟、逮捕する。これが逮捕状だ」

ヤマアラシは先ほどとは打って変わった高圧的な口調で言うと、いくつもの印鑑が押された紙を黒い大きなプラスチックケースから出し、市村に向けた。

市村の反応はない。熟睡しているのだろうか。

「ほら、起きろ！」

ヤマアラシが布団を剝ぎ取る。

「なにっ！」

布団の中に市村の姿はなかった。代わりにベッドに置かれていたのは、丸められた布団といくつもの枕だった。

「くそ！　逃げたか！」

そんなはずはない。朝食を六時には食べているはず……。いや、ここの朝食は弁当で、届くのは八時だ。ということは、夜勤担当の最後の巡回の後にいなくなったのだろうか。

逃げたということは、やはり市村はかなえ殺しの犯人なのだろうか。足の感染した傷は歩けないほどではない。しかし走ることはできまい。ましてやこの小さい島で、どこに逃げるというのだ。

「そう速くは移動できないはずです。しかも三時間前には看護師の巡回があったはず」

「となると、まだ近くにいるな！」

カーテンをめくり、ロッカーを開けて市村を捜していたヤマアラシは、部屋から飛び出していった。

なんということだ。

急いで階下に降り、ナースステーションに駆け込むと、夜勤勤務をもう少しで終えようとする秀子がＰＣのモニターを覗き込んでいた。

「秀子さん！」

「え？　先生、おはよう」

「そうじゃなくて！　市村さん、逃げたんです！　ベッドにいなくて！」

「え？　どういうこと？」

夜勤明けで疲れ顔の秀子は要領を得ない。

「いま、ヤマアラシさんと一緒に行ったんですよ、ベッドサイド。今日逮捕だっていうことで。そしたら、いなくて」

「逮捕？」

「らしいです、僕もさっき聞かされて」

「で、なんでいないの？　さっきはいたわよ、三時の巡視のときは」

秀子とともに階段を駆け上がる。すると踊り場にパジャマ姿の志真が立っていた。

「どうしたんですか？」

そうだった、志真も入院していたのだった。ヤマアラシの大騒ぎで起きたのだろう。

「ちょっと、あとで」

秀子が志真を置き去りにして市村の病室に駆け込む。

「ホント、いないわ。どういうこと」

結局、市村は見つからなかった。瀬戸山に報告すると、

「わかった。とにかく我々は診療に専念しよう」

と言うのみだった。

の日常が始まった。

気持ちはまるで落ち着かないが、午前の診療が始まる時刻になり、診療所ではいつも

＊

「先生！　雨野先生！」

外来が終わろうとする一二時頃、ノックもなく診察室に飛び込んできたのはヤマアラシだった。

ちょっとちょっとと、秀子が制止するのも無視して入ってくる。

「捕まえました！」

まるで珍しいクワガタムシを捕まえた少年のような顔で言う。

「そうですか、どこにいたんです？」

「こんな狭い島です、消防団の皆さんにも手伝ってもらったらすぐでした。ここから海のほうに降りていった茂みに、ごろりと横になっていましたよ。本当にしょうもない。逃げたら自分がやったと言ってるようなものです」

たしかにそうだ。足の痛みで、遠くまで逃げられなかったのだろうか。

恋人を殺害する。そんな大胆なことをする目には見えなかった。一見明るくて人当たりが良いのは、小心さの裏返しだと思っていた。

ふと気になる。

「血糖は、大丈夫でしょうか」

「え？」

ヤマアラシが、丸い顔のなかで目と口を丸くするので、噴き出しそうになる。

「先生、なに言ってんですか。あの野郎、人殺しですよ。そんな情けは要りません」

「……まだ決まったわけではないですよね」

「ええ、被疑者ですがね。先生は優しすぎる。ま、これから東京に連れていって厳しい厳しい取り調べですよ」

では、と嬉しそうに言うと、ヤマアラシは出ていった。

警察というものは、容疑の段階でもこんなふうに決めつけるのだろうか。

「あのニイちゃんには参ったわね。東京でちゃんとインスリン打ってもらえるといいけど」

足の傷が気がかりだ。糖尿病患者があんな感染を起こしているのだ。良くならなければ最悪、切断《アンプタ》などということになりかねない。

しかしもう自分の力の及ぶところではない。頼りない気がするが、ヤマアラシに任せるほかはない。

＊

それからの二週間は、落ち着かない日々だった。診療としてはさしたる重症患者も運ばれてこず、淡々と日々の外来をこなしていた。何度目かになった通院患者からは、時折、野菜や魚をもらうこともあった。

閉口したのは、来る患者来る患者が、看護師に市村のことを尋ねてきたことだ。さらには、レポーターのような女とカメラを担いだ男が連日やってきて、瀬戸山に怒鳴られるまで駐車場をうろうろしていたことだった。

取材も申し込まれたが断ったと、瀬戸山が当然のように言っていた。一組追い返したと思ったらまた一組来て、結局五社ほど来たらしい。患者を装って受診してきた者もいたそうだが、瀬戸山がすべて対応してくれていた。

自分の専門以外の臓器の患者には、相変わらず戸惑うことが多かったが、医局に全科の教科書が揃っているのを見つけてからは、だいぶ瀬戸山に頼ることが減っていった。

隆治の神仙島生活は、あと二週間ほどで終わろうとしていた。

東京での忙しい生活を懐かしく思い出すこともあったが、もう少しで終わりとなると、島から離れるのが寂しい。

これまで外科医として、自分の専門分野ばかり、つまり腹痛患者や胃や大腸の癌患者ばかり担当し、手術をしてきた。島に来てからは出会う患者さんの層が一変し、老若男女、あらゆる体と心のトラブルを診るようになった。正確には違いそうだが、あえて呼ぶなら総合診療科とでも言えるだろうか。

そんな島での診療は、楽しいと思う。「どんな症状でもまず自分が診て考える」ことの医者としてのやりがいは計り知れない。これこそが医者だ、というような気にすらなるのである。

学生で実習をし研修医で回って以来、ほとんどタッチしてこなかった領域への知識欲が満たされていく、という感覚もあった。

自分は、こういう離島やへき地のような医療過疎地域での診療が好きだし、向いているのかもしれない。これは驚くべき発見だった。

ただ、自分がそんなふうに思えるのも、島の人たちのおかげだ。外科医としての修業でも、ずいぶん多くの患者さんによって育てられた。

この春以来、ほとんどヤブ医者同然の自分に診察されてきた島の人には、本当に申し訳なかった。毎日、診察が終わってからも医局に残り、置いてある内科や整形外科の教科書を片っ端から読んでいったのには、そういう気持ちもあった。

九月後半の金曜日の午後、外来を終えた隆治は、いつものように医局でアンジェリーナ刈内商店ののり弁を食べていた。

この店の弁当はときどき生臭い。数日店頭に置かれた具材の売れ残りを弁当に入れているという噂があると、志真から聞いたことがある。

「ですから、下痢をしている患者さんには、あそこでお弁当を買ったかどうか、瀬戸山先生は必ずお尋ねになっています」

とんでもない話だが、それも物資の乏しい島ゆえと、いまは納得している。幸いまだあたったことはないが、いつもびくびくしながら食べている。

今日も結局、半分残して蓋を閉じた。

デスクの前、窓の外に広がる海は、今日も凪いでいる。海の水面だけで天候がわかるようになったのは、この島に来た収穫の一つだ。

昼の海の深い青色はどこか、ごつごつと硬い印象がある。

かったのだ。

市村が逮捕されてから、正確には逮捕しに来たが取り逃した日から、一度も連絡はな
「先生、どうもご無沙汰してしまって」

ノックの音とともに聞こえてきたのは、ヤマアラシの声だった。

「失礼します」

「いえいえ。今日はどうしてました？」

ソファに促しつつ壁の時計を見る。まだ一二時になったばかりだ。救急患者が来なければ、今日の午後はやることがない。

たくそぐわない。

向かいに座る。芝居がかった表情をしても、ヤマアラシの肉まんのような顔にはまっ
「いろいろご報告にと思いましてね」

るのは、なんとも不快だ。
もったいぶるヤマアラシには閉口する。今回の事件でこの男が明らかにはしゃいでい
「実はですね」

うやく先生にだけお伝えするのですが」

「前はお伝えできないことばかりだったのですが、いろいろ辻褄が合ってきまして。よ

「はい」

「どうも、トリックを使ったようなんです」

「トリック？」

「ええけっこうなもんでして」

「なんでしょう」

「先生、意外な物質が使われたのです」

「というと？」

ヤマアラシが顔をずいと近づけてくる。

「フッ素ですよ」

「フッ素？」

まず浮かぶのは「F」という元素記号である。水兵リーべぼくのふね、という元素記号の暗記のための文章の、「ふね」の「ふ」だった。

「ええ、フッ素です。なんでも最近はフッ素を歯に塗ることで虫歯を予防するそうなんです」

そう言われると聞いたことがある。

「これがホトケの体内から出まして」

ヤマアラシは得意げに続けた。

「先生はご存じのことと思いますが、フッ素、というか、正確にはフッ化水素は、高濃度になるとたいへんな猛毒だそうじゃないですか」

「そうなんですか？」

聞いたことがない。医学生時代、「中毒学」という科目は興味深く、農薬やサリンといったものの中毒患者をいかに救命するかは、よく勉強した。よく日に焼けた若い救急の医者が講義したのも、いかにもという感じで印象に残っている。

しかし、フッ化水素という物質は出てこなかったと思う。

「先生はご存じありませんでしたか」

細い目をさらに細めて笑う。

「これを、ある方法でガイシャに摂取させたんではないか、という話でして」

もったいぶって話すヤマアラシに、内心少し苛立ちを覚える。外科医はせっかちなのだ。

「ある方法？」

「ええ。監察医務院で解剖した先生からのお話なのですが」

市村の、切れ長の目を思い出す。そんな巧妙なことができそうでもないし、大それたことをするタイプにも見えない。

「市村はおそらく高濃度のフッ化水素を熱いコーヒーかなにかに混ぜ、見舞いにきたかなえさんにこぼすフリをしてかけたんです」

「あっ！」

あの晩、検案で遺体を見たときに、たしか右前腕にちょっとした熱傷があった。もしやあれが……。

「そう、覚えておいでですか。火傷のあとがありましたよね、右腕に。あれをやられてからフッ化水素が体内に入り、なんでもカルシウム？　が下がって死にいたったのではないか、と教えてもらいました」

フッ化水素が体内に入ると低カルシウム血症になるというのは、初耳だ。しかし低カルシウム血症が高度であれば、たしか心電図でQT延長という危険な異常が起こり、そこから致死性の不整脈である torsades《トルサ》 de pointes《デポアン》 になり、死亡する。

「どうやってそんなことがわかったんです？」

ええと、なんでも、と言いながら、ヤマアラシは黒い手帳を取り出してめくり始めた。

今時、スマートフォンではなくアナログな手帳を使うのは、刑事物マニアだからだろうか……と思ったら、去年の夏に大流行した男性刑事二人組の映画のロゴが手帳に入っている。ファンのためのグッズを買ったのか。

「カルシウムってのは、死後しばらくすると出鱈目な数値になることが多いそうで、最初は気にも留めてなかったと。でも、他になにも死因がわからないことから、解剖した監察医務院の先生が調べに調べ、フッ化水素にたどり着いたらしいんです。死体の血のフッ化水素の値を調べたら大変な高い数値だったそうで。普通、司法解剖でフッ化水素なんて調べないそうですが」

そうだろう。大学の法医学の講義でも、フッ化水素など聞いた記憶はない。

「フッ化水素をやられると、死ぬまで二四時間くらいかかるそうなんですよ。ゆっくりカルシウムが下がっていくそうで」

「ということは……」

「そう、お見舞いに来たときにコーヒーをかけて、その翌日に死ぬので気づかれないだろう、というわけです。ガイシャは気の毒に、お祭りに一人で行き、その途中で調子が悪くなったんではないですかね」

なんということだ。

「監察医務院の先生に実際にお会いしましたが、見破れたことをとても喜んでいましたね。なにせ、ただの病死になる寸前だったらしいですから。こういう殺人の方法は司法解剖の世界を塗り替える、などと笑っていましたよ、まあ変な先生でした」

ヤマアラシは苦笑いしているが、背中に寒気が走る。脳裏に浮かんだ市村の顔が、歪んで形を変えていく。

「だいたいそんな知識、どこから……」

「それはわかりません。だが、フッ化水素はインターネットで購入したようです」

そんな危ないものが、簡単に買えるというのだろうか。

「このことはまだ極秘なのですが」

「極秘？　それをまたなぜ僕に？」

ヤマアラシはしまった、という顔をする。

「すいません。先生にも本当は言っちゃいけなかったんですが……。忘れてくださいね、私の言ったこと。これから裁判ではっきりするんです。では、私はそろそろ」

立ち上がろうとするヤマアラシを制止する。

「でも、どうして市村さんはかなえさんを殺したっていうんです」

入院の晩、市村は恋人の話を嬉しそうにしていたではないか。あれは演技だったというのか。

「ああ、すいません。動機はね、実は逮捕前からけっこうわかってまして、それで捜査線上に市村が上がったんです。本当はこんな話も秘密なんですが、ま、忘れてください」

ニヤリと笑って続ける。

「なんでも、昔、別の島で起きたリンチ事件と関係があるようなんですよ」

「リンチ事件？」

「はい。鬼ヶ島っていうところでの出来事なんですが、もう二〇年は前のことになります」

そのとき、隆治の頭になにかが引っかかった。

「いま、なんて言いました？」

「え、二〇年は前だって」

「いや、それじゃなくて島の名前！」

「鬼ヶ島ですか？　変な名前ですよねえ」

「そう！　鬼ヶ島！　たしかかなえさん、鬼ヶ島の出身って言っていました。飲み屋で一緒になったときに聞いたんです」

「そうでしたか、飲み屋で。そう、彼女もまた島の人間だったんです。では、市村も島出身だったとはご存じでしたか？」

「え！」

たしか市村は東京の生まれ育ちで、コリドー街でかなえをナンパしたのではなかったか。

「実は、市村も鬼ヶ島の生まれだったんです。つまり市村もガイシャも同じ島の出身でした」

「そうだったんですか……」

「それでですね、市村はずっとかなえのことを恨んでいたんですよ。深く、深く」

「どういうことです？」

たしか市村が熱烈にアタックして付き合うようになったと、かなえは言っていた。

「実は市村の兄、腹違いだったんですが、そいつがかなりの不良で、かなえにちょっかいを出していたんです。でもかなえは邪険に扱っていた。それであるとき、市村の兄がかなえをさらって、レイプしたというんですよ」

「あっ！」

隆治の頭に蘇ってきたのは、市村との病室での会話だ。なんだったか……、たしか、釣りの話で……。

「イカだ！」

あのときたしかに市村は、

「子供の頃よく食べてたんです、アニキが釣って獲ってくれて……。貧乏だったもんですから、唯一のご馳走って感じで」

と話していた。兄が釣ってくれて、唯一のご馳走だったからいまでもイカが好きだと。頭が混乱してくる。

「イカ？」

「市村さんが入院中に言ってたんですよ。兄にイカをよく釣ってもらって食べてたって、貧乏だからそれがご馳走だったって」

「そうでしたか。……ですけどね、鬼ヶ島の駐在はその不良の兄に弱みを握られていて、かなえの件をロクに捜査をしなかったんだそうです。こんなことは警察官に絶対にあってはならないのですが」

「それからは私が話します」

隆治の後ろから出てきたのは、志真だった。パジャマ姿ではなく、ナース服に着替えている。

「あれ！　志真さん、どうしたんですか。まだ寝ていなくては」

「すいません、薬の在庫管理がどうしても気になり、ちょっとだけ出てきてしまいました。そうしたら、先生方の声が聞こえたものですから……つい、聞いてしまいました」

「まいったなこりゃ。秘密ですよ、秘密」

ヤマアラシはそれほど困った様子でもない。

「痛みは大丈夫ですか？」

「ええ、すぐベッドに戻りますから」

そう言うと椅子に腰掛け、志真は続けた。

「かなえさんの父親は、漁業組合の組合長でした。激怒した父親は島の人間を二〇人も集め、市村の兄を夜の港に呼び出して、棒でめった打ちにして死なせてしまったんです」

すらすらと続ける志真に隆治は驚いた。

「なぜ、そのことを？」

「島の人間なら誰でも知っています。かなえさんのことも、実はお会いした後に気づいたんです、あの事件の被害者の方だって。当時は大変なニュースになりましたから」

そうだったのか。

ヤマアラシが口を挟む。

「そう、みなさんご存じです。その後裁判が開かれたのですが、首謀者である父親が傷害致死罪で三年の実刑になった以外、他の人間は執行猶予付きか、嫌疑不十分で不起訴だったんですよ。こんな軽い刑にしかならなかったことで、市村は恨んだんだそうです。なんでも市村は母がおらず、父も暴力をふるう人間で、その兄に守ってもらって育てられたようなものだったんです。しかも、これは本当に悲しいことなのですが」

ヤマアラシが咳払いをして続けた。

「裁判の中で、かなえさんがレイプされたというのは嘘で、実はただの恋愛関係のもつれだったことがわかったんですよ。かなえさんとしては、父親にちょっと懲らしめてもらおうというくらいのつもりだったそうです」

「嘘、だったのですか……。そりゃひどい」

かなえの顔が目に浮かぶ。愛くるしい笑い方と、恋の真っ只中にいるような雰囲気からは、そんな過去があったとは想像がつかない。だが、親たちが殺してしまうなどとは思い至らず、ちょっと懲らしめてもらおうという、若さゆえの浅い考えだったとしたら、そんなこともありえたのだろう。しかしもうかなえはいない。死んでしまったのだ。

「かなえさんは好奇の目で見られたり人殺し扱いされたりして島にいづらくなり、東京に行ったんですよ。そこで、素知らぬ顔で近づいた市村と親しくなったんです。市村は、なんと、最初から復讐しようとして近づいたんです、かなえさんに」

ため息をつくヤマアラシの顔を見ていて、いくつもの疑問が頭に浮かぶ。

「しかし、かなえさんは気づかないものでしょうか？　顔を見れば市村とわかりそうなものですが」

かなえと市村は、少なくとも幼少期には同じ島にいたはずだ。そしてそんな凄惨な事件があったのなら、異母兄弟の顔を覚えていても不思議ではない。

「顔の整形ですよ」

「え！」

「市村はまあまあいじっていたようです。昔の写真と比べましたが、唇の厚さや目つきが変わっていて、別人と思っても不思議ではないレベルでしたね」

「なんと……」

「おまけに、名前を変えるために戸籍まで変えています」

「戸籍？」

「はい。もともとは深沼《ふかぬま》という苗字でしたが、母の旧姓である市村に変更しています」

「そんなこと、できるんですか？」

「どうやら、認められることがあるようですね。そうして顔と名前を変え、別人になった市村はかなえさんに近づいたんです」

そうして恋人同士となり、捜査の手の及びにくい離島での犯行を思いついたのではないか、ということだった。

「でも市村にしても、ホトケが搬送されることは織り込み済みだったでしょうが、まさかフッ化水素を調べられるとは思っていなかったでしょうな。なんでも、それくらい珍しいことのようです」

「そうですか……」

「ま、なんにしても人間の怨恨というものはおそろしいですな」

それだけ言うと、では、とヤマアラシは部屋を出ていった。存在感のある大きな男が出ていくだけで、部屋がしんと静まり返ったような気がする。

「恐ろしいこと……」

志真が誰に言うでもなく呟いた。

それにしても、とんでもないことが起きたものだ。

どれほどの深い恨みだったのだろう。

顔にメスを入れ、長年使った苗字まで変えて別人になりすました。そして、かなえに近づき男女の仲になったのだ。

殺したいほど憎い相手に甘い言葉を囁《ささや》き、生活を共にする。

市村が、島についてきたがったかなえの話を嬉しそうにしていたのは、まったくの演技だというのか。

別人として生き、憎い相手に愛を告げ、虎視《こし》眈々《たんたん》とチャンスを待つ生活を続ける。市村とのやりとりを思い起こしても、市村がそんな器用な人間だとはどうしても思えない。

島に来てからの怪我と入院は想定外だったに違いない。だが、それをアリバイとしてうまく使うことを考えたのか。フッ化水素は荷物と一緒に診療所に持ち込み、かなえにコーヒーごとかけるチャンスを狙っていたのかもしれない。

「でも、なんで市村さんは逃げたんでしょう」

ふと思いついたように、志真が言った。

「そうですね。自分が犯人だと言っているようなものだ」

「わかりません。でもね」

「ん？　なんです？」

「このことで、この島を嫌いにならないでくださいね、先生」

志真の唐突な言葉に、隆治はポカンとした。

「島だから起きてしまった事件ですが、島は悪くないんです」

隆治はなんと返事をしていいのかわからなかった。二人は黙ったまま、しばらく外来診察室に佇《たたず》んでいた。

*

「先生、気持ちがいいですね」

白いワンピースに身を包み、助手席に座る志真の髪を、半分開けた窓から入る風が揺らした。

あれからすぐ、志真は退院となったのだ。そのお祝いを兼ねて、休暇の日にドライブに誘ったのだった。といっても病院から借りている白い軽自動車で、島の周回道路を走るだけである。

「志真さんはどう思います？」

ハンドルを握りながら話すのは、やはり市村とかなえの話だった。

「あのあと、市村さんがなんで逃げたのか、ずっと考えていました」

志真も考えていたというのか。

「僕もそれがずっと頭の中をぐるぐる回っていました」

志真は少し考えてから答えた。

「もしかして、ですけど」

「はい」

「市村さん、早く捕まりたかったんじゃないでしょうか」

「え？　だってわざわざあんな巧妙な方法で殺して、しかも逃げたんですよ？」

「それはそうなのですけれど……」

これは私の勝手な想像ですけど、と断って志真はゆっくり話し続ける。

「かなえさん、市村さんのお見舞いに来るたびに私や秀子さんともお話ししてくださったんです。かなえさんと市村さん、付き合ってすぐ一緒に暮らしていたの、ご存じでしたか？」

「そうなんですね」

「ええ。市村さん、かなえさんのことを本当に慈《いつく》しんでいて。よく、看護師にもかなえさんとのことをお話しになっていたのですよ。かつては憎むべき存在だったのでしょうが、もう愛しかけてしまっていたのだと思います」

「………………」

「殺すか、なにもしないでそのまま恋人同士として生きていくか、ギリギリまで迷われていたのかもしれませんね」

そうなのだろうか。

だったら、なにも殺すことなどなく、過去を水に流せばよかったのではないか。

「そして、もしかしたらかなえさんは市村さんの正体を知っていたのかもしれません」

「えっ！」

「実は、かなえさんに言われたことがあります。もし私がいなくなってしまっても、市村のことをよろしくお願いしますって。着替えを持ってきたほんの一瞬のことでしたけど」

「な、なんと……」

「てっきり私、かなえさんは一人で東京に戻られるのかもしれないと思っていたんです。ですが、かなえさんが亡くなったと聞いて、もしかして、と」

そんなことがあってよいのだろうか。かなえは市村の過去に気づいていた。それを受け入れて復讐を遂げさせてやり、自分は死んだ……。

島の道は断崖絶壁に差し掛かり、くねくねとした曲がり道が続く。白線に沿って丁寧にハンドルを右に左にと切っていく。

「僕にはわかりません。市村さんがどんな気持ちだったのか。でもあの日、かなえさんの亡骸にすがって泣いていた市村さんが、演技をしていたとも思えないんです」

「ええ。演技、していなかったのかもしれませんね」

「はい」

それで、早く自分の容疑を固めて欲しくて、逃げたというのだろうか。

腑に落ちないが、本人に聞けるわけでもない。

しばらく無言でハンドルを握る。

志真もなにか考えているようだ。

「あ、そこ、展望台になっているんです。ちょっと入りましょう」

志真に指示されるがままに車を駐車場へと入れた。降りると、目の前には一面の海が広がる。

「うわあ」

まるで池袋のサンシャインビルの屋上に立っているような高さだ。右には、まるで巨人にえぐりとられたようなうねる断崖が続く。見下ろすと、こぢんまりとした浜で、赤い帽子をかぶった女の子が、おばあさんと遊んでいるのが小さく見える。

「ここが、神仙島で一番景色の良いところなんです」

海からのゆるやかな風が、志真の髪をふわりと揺らした。

「悲しいことがあると、わたしはよくここに来るんです」

「そうなんですね」

「先生は、そういう場所を持っていますか？」

「……どうでしょう。悲しいとき、悲しむ余裕なんてなかった、かな……」

何人かの患者の顔が浮かぶ。絶望のうちに死んでいった人。「やっと死ねる」と嬉しそうに逝った人。手を尽くしても救えなかった人。雨の中に消えていった、元恋人のはるか。「死んじゃっても怒らない？」と尋ねてきた、葵。

「トイレ、ですかね。悲しいときはトイレ、行ってるかも」

笑ってごまかそうとするが、志真には通用しない。

「神仙島、楽しんで、いえ、満喫していただけましたか？」

「はい、そりゃもう」

でも、と隆治の頭には一つだけ、どうしても聞きたいことがある。

「志真さん、聞いてもいいです？」

「ええ、なんでも」

「どうして、島に住むのですか？」

すぐに返答はない。

「すいません、だって、台風のたびに薬が足りなくなるし、商店のお弁当はよく腐ってるし、消化管穿孔では間に合わないこともある。だから」

「先生は」

志真がさえぎる。

「こんな不便なところになぜわざわざ住むのか、と疑問に思ったということですね」

隆治は黙っていた。

「なんででしょう。考えたこともありません、私」

両手を上にあげると大きく伸びをして、志真は言った。

「居場所があるから、ですか?」

「いいえ、居場所なら住むところどこにでもできると思います」

たしかにそうだ。

「なんでかな」

うーん、と言って両手を広げ、気持ちよさそうに目をつぶる。

「生まれ育ったところだから、でしょうか」

その瞬間、故郷の鹿児島の風景が隆治の目の前に蘇った。

実家の古いさつま揚げ屋の古びた木の看板。芋焼酎のお湯割グラスから立ち上る湯気と豊かな香り。晴れた日に大学から見えた、青空の下にどっしり構える桜島の山肌。

「そうか……」

目の前の海が、あの青々とした静まった錦江湾に見える。ただ眼前に桜島がないだけだ。

「納得、いただけました？」

「はい。僕も、いつかは生まれ育った鹿児島に帰りたい……」

「これは、人間の本能なのでしょうか」

「もしかしたら」

急に、志真を抱きしめたい衝動にかられた。しかし、堪《こら》える。

「志真さん、東京に行きませんか」

「えっ」

しばらく沈黙が続く。

「私は、この島で生きていきます」

一息吐いて、志真は続ける。

「先生は」

隣に立っていた志真はこちらに向き直ると、目を細めた。

「優しい人です」

志真にしては珍しい断定的な物言いだ。

「そうでしょうか」

「はい。だから、私なんかにそう言ってくださるのです。先生は東京で、頑張ってください」

「…………」

突き放すような言い方をする理由を、隆治は考えていた。

「先生、もうすぐ東京へお帰りになるのですよね」

「はい」

「どうぞ、お元気で……」

消え入るような小さい声で、志真は言った。

「……はい」

隆治はたまらず志真に一歩、近づいた。

「東京へは、来ないのですか?」

答えは同じとわかっていても、もう一度問いたい。

「ええ、もう行くことはありません」

「そうですか……」

「私はこの島で生き、この島で死んでいきます」

隆治は一歩、志真に近づくと、そのまま背中を抱き寄せた。

「志真さん」

強く抱きしめるが、志真の体は硬い。まるで丸太を抱いているようだ。

すぐに体を離す。

「すいません」

「いえ」

「どうぞ、お元気で」

もう一度志真が言う。

返す言葉が見つからない。志真と自分の先には別離しかないのだと、隆治ははっきり理解した。半年だけ滞在した自分が、一緒に東京に帰りませんかなどと、都合の良いことを吐いてしまった。

さようなら、志真さん。

舌の上で転がした台詞《せりふ》を、言わずにそのまま隆治は飲み込んだ。

いつの間にか傾きかけた夕日が、二人をオレンジ色に染め抜いていた。

＊

翌朝、八時四五分を過ぎたあたり、医局でいつものように白衣をはおり外来へと降りると、志真の姿があった。

「おはようございます」

「あ、おはようございます。今日から復帰でしたね」

照れて顔を見づらい。が、志真は何事もなかったかのように目を合わせてくる。

「昨日はありがとうございました」

志真はさっと頭を下げた。休日にドライブに行ってくれて、という意味だろう。

「ああ、いえ」

「今日、青木さんが退院になります」

「そうでしたね」

椅子に座り、電子カルテにＩＤとパスワードを打ち込むと、青木の名前をクリックしてカルテを開いた。

青木は手術を受けた後、ときどき腸閉塞ぎみにはなっていたものの、ゆっくりと回復していた。選択肢が弁当だけだったので、食はあまり進まなかったが、卵ふりかけを駆使することで、なんとか毎食全量を食べられるようになっていた。

「無事帰れることになってなによりです」

「先生が、切る決断をしてくださったから」

「いえ、そんなこと」

それでも、やっぱり嬉しい。放っておけば必ず死ぬ人が、死なずに歩いて自宅に帰るのだ。

「今日は外来、それほど多くありませんので」

志真の口調はすぐに通常運転に戻る。

「そうみたいですね」

「もしよければ先生、今夜食事をしませんか？　患者さんからまた伊勢海老をいただいてしまったので、私、捌きますから」

「えっ」

これは、家への誘いだろうか。

「いいんですか」

「はい。昨日の御礼もかねて」

こんな会話を誰かに聞かれたらどうしよう、と思わないでもない。朝の外来診察室で、医者と看護師が逢瀬の約束をしているのだ。それも、看護師の家での。

ドア一つ隔てた待合室には、何人もの患者さんが座っている。

「ありがとうございます、ではお邪魔します」

その日の診療は気が気ではなかった。なにを話していても頭に入らない。なるべくミスをしないよう、淡々と仕事をするように努めた。

*

「じゃあ、いただきます」

仕事が終わり、自宅に寄ってから志真の家に着いたのは夜七時を回ってからだった。

「どうぞ」

志真がコップにビールを注いでくれる。慌ててコップを持った。

薔薇《ばら》の模様をあしらったステンドグラスのランプシェードの下で、かちりと音を立てて、志真の持つ炭酸水のグラスと合わせた。

「乾杯」

そう言いながら、なにに乾杯しているのかよくわからない。

「先生、本当に半年間お世話になりました。今日は感謝の気持ちを込めて、送別会です」

「ああ、そういうことだったんですね」

小さいテーブルに向かい合わせで座っているので、照れても視線の逃げ場があまりない。

白いクロスの上には、伊勢海老のお造り、コロッケのような揚げ物、刺身、サラダ、そして味噌汁、ご飯が所狭しと並んでいる。

「豪勢ですね、伊勢海老なんて初めて食べます」

「この辺りで獲れるのでよく患者さんにいただくんですが、段ボールに入っているときはガサガサ動いているんですよ」

「生きたままなんですか!」

「ええ。とっても新鮮なので、ぜひ召し上がってください」

志真はそう言うと微笑んだ。

醤油を少しつけて伊勢海老を口の中に入れる。潮臭さが口中に広がるが、なんとも言えない甘味がある。

「美味しい」

志真は醤油をつけずに口に入れている。塩分を制限しているからだろう。

「ほんとう、美味しいです」

テレビでもついていればそちらを見ることができるが、あいにく志真の家にテレビはないようだった。

「先生は」

炭酸水に口をつけて志真が言った。

「東京に帰られたら、また外科医に戻るのですか」

「え？　ええ、まあ」

「そうですか。いえ、失礼ですけど」

そう前置きをして続けた。

「先生はこういう、島みたいなところでの診療が向いていると思ったのです」

「そう言っていただけると嬉しいです。僕も、けっこう好きなんですよ、こういう診療って」

「でも、本当は大きな病院で手術をなさるほうがお好きなのですよね」

「そう思ってたんですけど、こちらに来て、ちょっと考えが変わったような気がします。あれがすべてじゃないなって。だって、瀬戸山先生は本当になんでも診ているじゃないですか」

ビールを一口飲んで喉を潤す。

「あんなドクターが本当にいるなんて、知りませんでした。それこそ映画かドラマだけの話かと思っていたので」

「瀬戸山先生は本当に素晴らしいドクターです」

「はい。あれほど守備範囲が広くて、しかも過酷な労働をしておられる。それも、淡々とです。なんか、偉そうにテレビ出たりもしないじゃないですか」

つい饒舌《じょうぜつ》になる。

「あんな医者になれたらいいな、って素直に思います。でも、そんな覚悟は持てません。島に何十年も住むというのは、医者の仕事以外にも本当に大変なことではないかって」

――ダメだ、俺はまた昨日と同じことを言っている。

「すいません」

「いいえ、大変だと思います」

微かに口角を上げて志真は話す。

「島は、やっぱり物理的に閉鎖されていますから。海にいだかれている、と言えば聞こえはいいのですが、他の陸地から孤立しているというのが実際のところです」

真面目な顔だ。

「島だから起こる、悲しいことはあります」

先生もご経験されたように、と続ける。

「はい」

「だけど、どうしても島が好きなんです、島で生まれ、島で育った人間は。私だけじゃありません。市村さんがこの島にやってきたのも、島で起きてしまった悲しい出来事を島で決着させるために、だったのではないでしょうか。そして瀬戸山先生も……。私にはわかる気がします」

志真の口調は、これまでになく熱を帯びていた。

「島にしかない、美しい海と山。島でしか出会えない、優しい人。虫や鳥」

志真は目をつぶる。

「ときどき、島と自分のさかい目がわからなくなることがあります。好き、嫌い、ではなくって、もう、私は島だし、島は私なんです。そういう不思議な一体感が、島というところにはあるように思うんです」

そうなのかもしれない。

診療を終えてクタクタになり、医師住宅の縁側に寝転んで見上げたときの、プラネタリウムのような全天の星。話し声も聞こえないような、真夏の日曜日の蟬時雨《せみしぐれ》。そういうとき、自分もたしかに島と一体になるような錯覚に囚われた。

「それに私の名前、志真ですしね」

そう言って作る笑顔は、素直に可愛いと思う。愛おしさが募るのは、近く別離が決まっているからだろうか。

返事をする代わりに、ビールをぐいと飲み干した。ぬるくなったからか、苦味が強く感じられる。

「志真さん」

そう言うと、志真は口封じをするようにビールの缶を傾けて注いできた。

寂しい。

もっと一緒にいたい。

会いたい。

胸から上がってきたそんな言葉たちが、喉のあたりでつっかえて、一つも出てこようとしない。いや、口にしてはいけないのだ、と思う。

「志真さん。志真さん。志真さん」

馬鹿のように、何度も繰り返す。

「はい」

「どうか、ご無事で」

「ありがとうございます」

隆治がその夜、自室へ戻ったのは一〇時を回った頃だった。

＊

翌日、隆治は診療所へ着いた瞬間に、なにか不穏な雰囲気を感じた。駐車場も、玄関のスリッパも、医局から見える朝の海もどことなく、よそよそしい。

――なんだろう。

「先生！　先生！」

医局に怒鳴りながら駆け込んできたのは秀子だった。

「大変よ！　心肺停止だって！」

「え？」

朝から救急患者が運ばれてくるのだろうか。

「志真ちゃん自分でボタン押したんだって！　で、心肺停止《アレスト》！　いま、救急隊から電話で！」

「え！」

聞き間違いではないだろうか。

「志真ちゃんって、志真さん？」

「当たり前でしょ！　もうすぐ救急車が来るから！」

なにを言っているのだ。昨夜まで元気だったあの志真が、そんなはずはない。

いや、志真は一度心肺停止になっている。あの致死性不整脈がまた出てしまったのか。

その瞬間、耳に飛び込んできたのは救急車のサイレンだった。近い。

急いで医局を飛び出すと、階段を駆け降りる。

玄関ではちょうど救急車が到着し、ストレッチャーが運び込まれるところだった。

「志真さん！」

年配の救急隊員に心臓マッサージをされている志真の生気を失った顔が、マッサージのリズムとともに揺れている。

「代わります！」

有無を言わさず交代すると、動くストレッチャーに歩幅を合わせつつ志真の胸を押す。

——くそっ！

小ぶりの乳房が露わになっている。

薄いピンクのパジャマを中央で繋ぎ止めているボタンが、一つ弾けている。

肌はしっとりと冷たい。

この間、志真に施した心臓マッサージとはまるで感触が違う。なんというか、ハリのようなものがないのだ。

処置室では秀子が待ち構えていた。

「秀子さん！　ＡＥＤ！」

「準備できてる！」

部屋の真ん中あたりにストレッチャーを止めると、秀子が心電図モニターのシールと、手のひらより少し大きいＡＥＤの銀色の電極パッドを二枚貼り付ける。

その間も胸を押す手は止まらない。

ぐき、という感触があった。また肋骨が折れたのだ。

——なんで……でも、ダメだ。冷静になれ。

構わず押し続ける。胸郭というドーム状の構造の屋台骨を折ってでも、その中の袋の形をした臓器を押し続けるのだ。

「解析するよ！」

秀子の声を聞き、一瞬で手を止める。

どうだ。

ＡＥＤの音声に耳をすませつつ、心電図モニターの画面を睨《にら》みつける。

〈心電図を解析中です、患者に触れないでください。解析中です、患者に触れないでください〉

モニター画面の波形は小さなノコギリのように震えている。

〈電気ショックが必要です。充電しています〉

「よし！」

救命できる。志真は、俺が助ける。

「秀子さん、離れて」

秀子が離れると、自分も両手を上げた。

〈体から離れてください。点滅ボタンを押してください〉

「ショックします！」

オレンジ色のハート形のボタンを押す。

大きな音とともに志真の体が跳ねた。

〈電気ショックが行われました。患者に触れても大丈夫です〉

「リズム！」

叫ぶ。

心電図は、小さな山に続き電波塔のような波形を示した。

「よし！　戻った！」

「なにごとだ！」

そのとき、白衣姿の瀬戸山が現れた。

「先生！　志真さんが心肺停止《アレスト》になったんですが、いまショックで……戻り……」

言葉にならない。

「すまん、早朝から具合が悪い人の往診に行っていた」

そうだ。昨夜は瀬戸山が診療所に泊まっているはずだったのだ。

「さっき、救急車で運ばれてきたんです。心肺停止《アレスト》で、救急車から心臓マッサージ《心マ》をされながら来て、ＡＥＤをやりました」

秀子は冷静だ。

「なるほど、またＶＦでも出たか」

「あれ、あたし……」

「志真ちゃん！」

秀子が大声を上げる。

「あんた、また心臓止まってたんだよ！　なにやってんだよ！」

秀子が泣き始めた。

幸い意識は良いようだ。周りを見渡して、状況が摑めたようだ。

「先生方……すいません」

「いいから少し休みなさい。モニターを付けたままでな」

瀬戸山が言った。

*

重造は五分ほどで処置室にやってきた。

「おお、志真……」

志真の体にすがるようにして、重造は声を上げた。

「お前はまた危ないところを……」

重造が志真の頭を撫でながら語りかける。

重造は志真からゆっくり離れると、振り返って話し出した。

「先生方、そして秀子さん、本当にありがとうございました」

深く一礼する。

「志真は、バカなことを言っておりましてな。体調が悪かったんでしょうか、おとといの夜、電話をかけてきたんです。もし私が死んだら、実印は簞笥《たんす》の一番上で、銀行預金が三〇〇万円あるからそれでお葬式を挙げてって」

——おとといの夜……。

「私は、馬鹿なことを言っちゃいけないと言いました。お前はまだ三〇歳じゃないか、あと何十年も人生は続くのだ、と。そうしたら、ふふ、と笑うだけで反論をしないんですよ。あれはああ見えてけっこう頑固でな、私には噛み付くんですが、おとといはそうしなかった。それで、具合が悪いのかと尋ねました」

隆治は左腕で額の汗を拭った。

「そうしたら、そうじゃない、調子はこれまでで一番くらい良いのよ、と言うんです。最近仕事が楽しくって、と。新しい先生がとても良い先生で、と言っておりましたわい」

「しかし、これほど短期間に二度も心臓がやられるというのは、危ない」

瀬戸山が断じた。

「何度も内地で治療を受けるように言っているのだが。ここのところ水分バランスもあまり良くなかったからな」

瀬戸山がいつもと同じ調子で続ける。

「でも、彼女はここを離れるとは言わんのだ」

隆治にも、何度もそう言っていた。

「無理やり行かせるわけにもいかん」


その日の夜六時を回った頃、仕事を終えた隆治が病室に行くと、肩まで布団をかけられた志真は目をつぶってベッドに横になっていた。

足音を立てないように近づくと、小さい寝息が聞こえる。

——志真さん。

この島、神仙島でこんな出会いがあるとは、思ってもいなかった。

この女性に出会えたことに、深く感謝した。

——神様。この人と出会わせてくれたことに感謝します。だから、どうか、この人を死なせないでください。ずっと、ずっと……。

隆治はベッドサイドに立ったまま、志真の寝顔を見つめていた。

*

「半年のあいだ、本当にご苦労だった」

「いえ、そんな……」

その日の夕方五時を少し回ったころ、医局の窓からは、オレンジ色の大きな夕日がこれでもかと差し込んでいた。

「先生は、まるで何年もいたような気がするな」

仕事を終えた隆治は、医局のソファで瀬戸山と向かい合っていた。

「先生とは一度も飲みに行けなかったな。まあ交代で来る医師とは、どちらかがいつも当直しているので、必ずそうなるのだが。半年間の島の生活はどうだった」

「はい。一言では言えませんが……」

頭の中で言葉を探す。楽しかった。面白かった。恐ろしかった。疲れた。どれも一言では自分の感情を引き受けきれない。

「なんというか、勉強になりました」

「そうか。都会で医者をやるのとはだいぶ勝手が違うからな。島には島の良さがたくさんあるが、先生が見てきたように、医療はすぐ限界にぶつかる」

――限界。

「それにしても青木さんのことは見事だった」

「いえ、見事だなんて。勝手をすいません」

「久しぶりだよ、外科医のパッションを肌で感じたのは。それほど簡単な話ではないが、ここでももっと積極的にオペをやっても良いのかもしれんな」

そうですね、と気軽に言えるものではない。一歩間違えば、青木だって死んでいたかもしれないのだ。

「あれは……」

「そう、ラッキーだった。先生ももちろんわかっているだろう。あれを五回やったら四回は死んでたんじゃないか。そんなことをしてしまったら、もうここで医者を続けることなどできない」

長年島で医者を続け、島の人から全幅の信頼を置かれている瀬戸山でも、そうなのか。

「しかし、あのときは血が沸騰したよ。死んでしまうことが多い消化管穿孔患者を、先生が救命したのだ」

「いえ……ご迷惑をおかけしました」

頭を下げる。

「ちょっとでも可能性があるのなら、挑戦するのが医者なのかもしれんな」

そう言うと、瀬戸山は目を細めた。

「前にも言ったが、あんな患者は毎年いるんだ。私は全員、見殺しにしてきたのかもしれん」

遠くでカラスの鳴き声が聞こえる。

「……先生は、失礼ですが、本当にご立派だと思います。こんな遠い島で、医者一人でずっと住んでやっておられるのですから。

僕なんかは、半年だけいてさっさと帰るんです。好き勝手わめいて、やりたいようにやって、『勉強になりました』なんて言って。責任がまるで違うんです。島の住民として生活して、同じ住民として命を支えることとは」

「そうかね」

瀬戸山は右手で禿頭を撫でている。

「先生みたいな人が、本当の医者なんだと思います。あらゆる診療科の、あらゆる疾患を診て、すべての責任を負う」

「そんなことはないよ」

　ぴしゃりと瀬戸山は断じた。

「島におるとな、自分の能力が直接患者の生死に繋がるんだ。どうだね、それなら誰だって勉強すると思わんかね。自分の限界が天井になり、それを突き抜けた重い病状の患者は全員死ぬんだよ。患者といっても、ほぼ全員が顔見知りだ。私がどれだけ人を死なせたか、先生ならもうわかるだろう」

　瀬戸山は口を歪め、目は天井のあたりを見ている。

「だから、本当の医者なんてものではないよ、私は」

「すいません」

　瀬戸山はどれほどたくさんの患者を看取ってきたのだろう。それも、自分のせいで死んだだろう患者を。どれほど悔しい思いをしてきたのだろう。

　たった半年の島医者生活で、わかったような口をきいてはいけないのだ。

「先生は東京へ行き、外科医に戻る。私は、次に派遣される医者とともに、島にい続ける。これまでも、これからも、ずっとだ」

　そう言う瀬戸山が、尊敬できる医者であることは、誰がなんと言っても揺るがない。

「はい。先生、言わせてください。僕は、先生みたいな医者になりたいと思います」

「そうかね。それならまた半年でも一年でも島に来なさい。いつでも待っているよ」

二人はがっちりと握手をした。

エピローグ

「雨野せんせ、お久しぶりですぅー！」

東京に帰る日があと四日に迫った九月の終わり、凜子が島にやってきた。

千切れんばかりに右手を振りながら、船を下りた凜子が港を歩いてくる。残暑と言うにはまだ暑い今日は、港のコンクリートも高熱に灼《や》けている。

「久しぶりだね」

大きなウェーブがかかった長い髪は、前に見たときよりだいぶ明るい栗色になったようだ。

スカートが大きく膨らんだ白いワンピースに、濃紺のツバの広い帽子をかぶっている。左手にはピンクのリモワのスーツケースで、相変わらず私服はお嬢様風である。

「あれ、荷物これだけ？」

凜子の滞在となれば、さぞ大量の物資が運び込まれるのではないかと予想していた。

「これだけですぅ、移動は。あとは全部、郵便で送っちゃいましたぁ」

「あ、やっぱりそうだよね」

「そんなことより、先生、お会いしたかったですぅ。痩せられました？」

「そうかな？　あんまりそんな気はしないけど」

「あと、すっごく日焼けしましたねぇ」

「うん、夏だったからね」

凜子は、港の駐車場に止めてある軽自動車を指さした。

「え、先生の愛車ってコレですかぁ？」

「そうだよ」

「めっちゃ可愛いじゃないですかぁ。わたしもこれをお借りできるんですよねぇ」

嬉しそうに助手席に乗り込む。古びた車と凜子の取り合わせには違和感しかない。

「じゃあ、とりあえず診療所に行こうか」

六カ月前に志真がしてくれたように、新しい医師である凜子を送っていく。凜子は夏休みとして二日早く来島し、仕事が始まる前に島で遊ぶのだとメールで連絡が来ていた。

「島、どうでしたぁ？　やっぱりタイヘンでしたぁ？」

うん、うん、と適当に相槌を打ちながら運転していると、凜子が急に顔を覗き込んだ。

「あれ？　先生、なんかありましたぁ？　なんか、顔が前と違いますぅ」

妙なところが鋭いのが、凜子だ。

「いや、まあ」

海沿いを走っていた車が断崖絶壁のところを通り過ぎる。

「ほら、ここ見晴らしがいいんだよ」

「ホントですねぇ。どこを向いても海で、島って感じがしますぅ。わたし、島が好きなんですぅ」

「そうなの？」

デパートがないから帰りたいなどと言うのではないかと心配していたが、杞憂のようだ。

「はいぃ。沖縄とか奄美大島とか、よく行くんですよぉ」

そう言えば毎年の夏休みの土産は、泡盛三本セットやらちんすこうやら、沖縄のものが多かった。

診療所に着くと、瀬戸山は不在だった。凜子はあちこち挨拶をして回っている。昔からそうだが、早くも馴染むのが上手い。

夜は民宿に泊まるというので送ろうとしたら、タクシーを呼ぶと言っていた。凜子曰く、そういうのも醍醐味なのだそうだ。

夜、凜子は隆治の家にいた。

食べ物と酒をアンジェリーナ刈内商店で買い込んで、家で飲み会をすることにしたのだ。

「乾杯ですぅ」

「おつかれ」

ビールを注いだコップをこちんと合わせる。

「先生、聞きましたよぉ。とんでもないこと」

「え?」

「殺人事件で逮捕された人がいたこと。タクシーの運転手さんと民宿の女将さんがなんでも教えてくれましたぁ。わたし、ふだんは仕事ばっかでニュースとか見ないので、全然知りませんでしたぁ。佐藤先生だって教えてくれなかったんですよぉ」

「そうなんだよ」

ビールをぐいと口に入れる。

「まあ、いろいろあったよ、ホント。あした日中に診療所でいろいろ引き継ぎするからさ」

隆治はビールを飲み干す。

「ごめん。ビール、もらえる？」

「大丈夫ですぅ。ゆっくり飲んでください」

凜子が笑顔でビールを注ぐ。

それから二人は他愛もない話をつまみに酒を飲んだ。

佐藤先生が相変わらず美人だとか、外科部長の岩井が痔を悪くして痛がっているが手術を拒否しているとか、四月から新しく来た若手が全然ダメだとか、船は特別室で来たので快適だったとか、そういった類だ。

旧知の人とゆっくりこうして話すのは、久しぶりだった。島に来て半年。知らず知らずのうちに、気を張っていたのだろう。凜子を前にして、緊張がほどけていくのを感じた。

さんざん飲んで酔っ払った隆治は、思わずこぼしてしまった。

「でも、寂しいなあ」

「先生？」

「ん？」

「もしかして、好きな人、できたんですかぁ」

顔を背け、コップに口をつける。

「あ、図星じゃないですかぁ。誰々？　やっぱりナースですかぁ？」

ナース、という単語にすぐ志真の顔が思い浮かんでしまう。

「いいだろ、別に」

志真との別離がやってくる。

自分はあさって島を発つのだ。

「いいなぁ、わたしも島のイケメン、どこかにいないかなぁ」

うーん、と真面目に思い返す。

「けっこう若い人、いたよ。消防関係とか役場の人とか、学校の先生とか」

「はいぃ」


六カ月という時間は、短いようでけっこう長い。この島に住み、この島の空気を吸い、たくさんの人と出会った。

志真もその一人だ。

自分が神仙島に来ることは、もうないかもしれない。そして志真は東京には来ないだろう。

もう会うことのない邂逅《かいこう》。たった一夏の泡沫《うたかた》の恋。

外は静かに秋雨が降っている。

二人はそのまま深夜まで飲み続けた。

［取材にご協力いただいた皆さん］
大辻・エマ・ピックルスさん
沖山真凜さん
舘野佑樹さん
なおちゃんさん

この作品は書き下ろしです。

外科医《げかい》、島《しま》へ

泣《な》くな研修医《けんしゅうい》6

中山祐次郎《なかやまゆうじろう》

令和6年1月15日　初版発行
令和6年6月25日　2版発行

発行人――石原正康
編集人――高部真人
発行所――株式会社幻冬舎
〒151-0051東京都渋谷区千駄ヶ谷4-9-7
電話　03(5411)6222(営業)
　　　03(5411)6211(編集)
公式HP　https://www.gentosha.co.jp/
印刷・製本―株式会社 光邦
装丁者――高橋雅之

幻冬舎文庫

ISBN978-4-344-43350-2　C0193　な-46-6